PHASES POÉTIQUES.

1er *Janvier 1819.*

> Quoi! vous fuyez et méprisez mes sons !
> Ah! je le vois : la Politique injuste
> Depuis long-temps a pris ma place auguste.
> J.-B. Rousseau. (*Allégories*).

PARIS,

BAUDOUIN FRÈRES, LIBRAIRES, RUE DE VAUGIRARD,
N⁰ 36, PRÈS LA CHAMBRE DES PAIRS;
CIDE FILS, LIBRAIRE, RUE SAINT-MARC FAYDEAU, N⁰ 20.

1819.

CONDITIONS DE LA SOUSCRIPTION.

Les PHASES POÉTIQUES paraîtront deux fois par mois.

On s'abonne chez Baudouin frères, rue de Vaugirard, N° 36; et chez Gide fils, Libraire, rue Saint-Marc Faydeau, N° 20.

Le prix de la Souscription est de 6 fr. pour trois mois, 12 fr. pour six, 18 fr. pour neuf et 24 pour l'année.

Ce Recueil contiendra à la fin de chaque mois une Notice de tous les ouvrages nouveaux de Poésie.

Les Poëmes dont les Auteurs voudront qu'il soit fait mention dans cette Notice, ainsi que les Lettres et Pièces de Vers, devront être adressés, francs de port, aux Éditeurs des PHASES POÉTIQUES, rue de Grammont, N° 17, à Paris.

Chaque Pièce de Vers devra être inédite et écrite sur une feuille séparée : aucune ne sera rendue.

IMPRIMERIE DE BAUDOUIN FILS.

PHASES POÉTIQUES.

PROLOGUE.

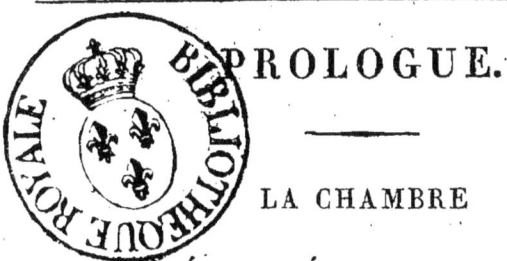

LA CHAMBRE
DES DÉPUTÉS DU PARNASSE.

Un jour, las de régner comme un Roi despotique,
Apollon, qui se mêle aussi de Politique,
Voulut que le conseil de ses nombreux sujets
Nommât des Députés au Parnasse français.
Aussitôt on s'assemble, on s'empresse, on s'agite,
Et chacun à l'envi fait prôner son mérite ;
Du plus petit sonnet le plus petit auteur
D'un poétique espoir a chatouillé son cœur.
Quelles furent alors la brigue et la cabale !
Dieu sait ce qu'entreprit l'intrigue électorale !
Nos profonds écrivains, nos légers orateurs,
Nos poètes du jour étaient seuls électeurs ;
Chacun à parvenir eut une peine extrême,
Car chacun d'eux songeait à se nommer lui-même.
Ne parlant que pour soi, l'on entendait chacun
Dire qu'il ne songeait qu'à l'intérêt commun.
Le scrutin balotté trois fois se renouvelle,
Et chaque nom trois fois sort de l'urne fidelle.
Qu'arrive-t-il enfin? leur unanime voix
Les a proclamés tous Députés à la fois.

Apollon réunit cette foule empressée,
Sous les lambris savans du moderne Lycée ;
Il entre, et sur eux tous jette des yeux distraits,
La fatigue et l'ennui se peignent sur ses traits ;
Mais n'en accusons pas le peuple qu'il préside ;
Il avait lu dix vers de la *Caroleïde.*
D'une voix qu'interrompt de moment en moment
Un baillement suivi d'un autre baillement :
Mon sceptre dès long-temps perd son pouvoir en France,
Dit-il, je vais périr par son indifférence ;
Dans un indigne oubli je languis négligé,
Je n'accorde qu'en vain mon luth découragé ;
A peine à nos accens on prête les oreilles,
Et je vois se flétrir tous les fruits de vos veilles ;
France ingrate ! de toi je suis abandonné,
Et Racine pourtant te fut par moi donné !
Paraît-il un poète ? il meurt à son aurore ;
Qui pourrait l'inspirer, quand son pays l'ignore ?
Sa muse ne marchant que d'un pas incertain
Justifie à tes yeux ton coupable dédain...
Eh quoi ! vous, mes enfans, nourrissons du Parnasse,
Ne peut-on conjurer le sort qui nous menace ?
Ne peut-on, ralliant nos bataillons amis,
Triompher des langueurs de nos fiers ennemis ?
Réunissez-vous donc...

UN ÉCRIVAIN POLITIQUE.

Tentative inutile !
L'art des vers, aujourd'hui, n'est plus qu'un art futile.
Les révolutions ont changé notre goût,
Vos vers sont excellens, mais la France avant tout.

Les mensonges riants de Rome et de la Grèce,
Est-ce là, croyez-vous, ce qui nous intéresse?...
Oserez-vous tenter le lyrique projet
De mettre en bouts rimés les chiffres du Budget,
Du Cadastre chanter les travaux parcellaires,
Ou mettre en vers les lois, pour les rendre plus claires?
Du constant Benjamin le moindre des pamphlets
Fera toujours pâlir vingt poëmes parfaits.
Espérez-vous qu'on laisse avec indifférence
De Manuel, de Bignon l'énergique éloquence,
Pour aller, au milieu d'un cercle d'érudits,
Saisir de quelques vers les trésors inédits?
Dans quels lieux, en quel siècle a-t-on vu les poètes
Du peuple gémissant oser être interprètes?
Il n'est plus aujourd'hui de gloire, de succès
Que pour ceux dont la voix défend nos intérêts.
L'écrivain que pour nous enflamme un noble zèle,
Seul fait d'un beau talent briller quelque étincelle.
Faut-il vous en offrir un exemple fameux?
Sur l'auteur des *Martyrs* jetez ici les yeux;
Demandez lui s'il pense avoir plus de génie,
Dans le Sénat des Pairs ou dans l'Académie.
Renoncez désormais à l'espoir de lutter
Contre un torrent vainqueur prêt à vous emporter;
Signaler, censurer les abus de puissance,
Méditer sur le sort promis à notre France,
Assurer son bonheur, sa gloire et son repos:
Voilà le texte seul qu'ont choisi nos travaux.

APOLLON.

Pourquoi donc au torrent faudra-t-il que je cède?
Vous indiquez le mal sans chercher le remède.

I.

Mais quelque grand qu'il soit, ne peut-on le guérir?
Et vous; vous ses auteurs, devez-vous le nourrir,
Prétendus libéraux; prétendus politiques,
Qui croyez vos travaux au-dessus des critiques?
D'un talent dédaigné vous paraissez jaloux,
Si vous êtes si forts, pourquoi nous craignez-vous?
Ne vous détournez pas de vos sublimes veilles,
De vos pamphlets d'un jour entassez les merveilles.
Sans doute votre honneur, vos droits seraient perdus,
Et l'État périrait si vous n'écriviez plus.
Nous ne demandons point un si grand sacrifice,
Écrivez; avec vous nous n'entrons point en lice;
Et sans nous élever à des sujets si grands,
Nos modestes travaux sont des délassemens.
Nous ne nous flattons pas de l'espoir téméraire
D'occuper de nous seuls la France tout entière;
Croyez qu'il est pourtant des lecteurs curieux
Qui peuvent sur les vers jeter encor les yeux.
Il est, il est encor des amis de la France,
Qui pourraient, aujourd'hui, voir sans indifférence
Se ranimer le goût du plus noble des arts;
Les Virgiles sont nés au siècle des Césars.
— Mais fait-on de bons vers? — Mais sauriez-vous les lire?
Si l'on m'écoute peu, dois-je accorder ma lyre?
Cherchez, encouragez les écrivains naissans,
Et vous ne verrez plus leurs efforts impuissans;
Votre amour pour les vers va créer des poètes,
Et dans l'arène encor descendront des athlètes.
Mais vous-mêmes, Messieurs, malgré vos grands projets,
Quand vous aurez parlé pour le peuple français,
Après que votre main, répandant le scandale,
Aura lancé partout la foudre libérale;

Quand vous aurez, au nom de la France et des lois,
Combattu le pouvoir et défendu vos droits,
Quittes envers l'honneur, envers votre patrie,
Dans un noble loisir, digne encor du génie,
Ne pouvez-vous nous voir dessiner des portraits,
Ou pleurer un malheur, ou chanter un succès,
Dans son vol passager saisir la circonstance,
Ou vanter un guerrier dont s'honore la France?

UN POÈTE LYRIQUE.

Je chante l'oubli de nos maux,
Et dans mon essor pindarique,
Je veux consacrer aux héros
Mon vers toujours patriotique.

Soyez aujourd'hui triomphans,
Français ; votre terre féconde
Ne pouvait à ses seuls enfans
Livrer les biens dont elle abonde :

Enfin je puis croire à la Paix ;
Et, chantant notre délivrance,
Je verrai le sol de la France
Ne plus nourrir que des Français.

UN POÈTE COMIQUE.

Sans le vain attirail des ressorts dramatiques,
Sans penser au calcul de nos effets scèniques,
Loin du théâtre, on peut, dans un cadre nouveau,
De nos sociétés esquisser le tableau.
Je peindrai ce penseur dont la fausse morale
Veut trouver dans des riens un sujet de scandale ;

Ce petit écrivain, au maintien affecté,
Qui voudrait à tout prix avoir de la gaîté,
Fort sottement martyr de sa cervelle aride,
Et se battant les flancs pour n'être qu'insipide ;
Cet homme que la faim rend si passionné,
L'ami de tout le monde... à l'heure du diné ;
Ce grand homme avorton, ce fat original
Qui s'aime tant lui-même et n'a point de rival,
Qui farcit de bons mots ses moindres périodes,
Apôtre du grand genre et pontife des modes.
Ces graves magistrats, avec un air distrait,
Contant des riens sans grace et visant à l'effet ;
Ce banquier sémillant qui croit que la richesse
Le dispense de tout, même de politesse,
Et qui, d'un air riant, dit aux premiers venus,
Qu'à l'*Écartée* hier il perdit mille écus ;
Et ces Anglais si fiers, qui, pleins d'inconséquence,
Blâment chez eux les lois et les mœurs de la France,
Et consentant chez nous à n'être plus parfaits,
S'efforcent malgré tout de paraître Français.

UN POÈTE CONTEUR.

Je redirai l'anecdote nouvelle,
Tous les récits, tous les bons mots du jour ;
Et, dans mon vers indiscret et fidèle,
Peignant tantôt et la ville et la Cour,
J'irai contant le secret des actrices,
Secrets d'hymen comme secrets d'amour,
Secrets d'État ou secrets de coulisses ;
Comment un tel fut trompeur ou trompé,
Et par qui fut un beau nom usurpé.
Comment Damis put entrer dans sa place,

Et puis bientôt comment il est parti ;
Au ridicule, aux méchants point de grace ;
Je veux avoir mon esprit de parti,
Car il en faut, et qui peut en médire ?
Je prêcherai la liberté... de rire,
Et, girouette, en dépit des clameurs,
Serai toujours du parti des rieurs.

UN POÈTE ÉLÉGIAQUE.

Puisse ma lyre aujourd'hui détendue
    Ne plus soupirer de regrets !
    Puissé-je aux funèbres cyprès
    La laisser long-temps suspendue !
Mais si la mort, redemandant nos pleurs,
Nous enlevait encore un fils de l'harmonie,
Un Delille, un Méhul, un homme de génie,
J'irai, sur son tombeau je sémerai des fleurs,
    Et je croirai devoir à ma patrie
        Ces pieuses douleurs.

O toi, chantre d'Uthal, tu meurs, et nul poète
Ne consacre à ton nom ses vers reconnaissants ;
Tous sont restés muets, et tous, de leurs accents
Trouvaient naguère en toi le plus digne interprète !

O Delille, Grétry, Méhul, à vos cyprès
Puisse long-temps rester ma lyre suspendue !
Puisse-t-elle toujours, oisive et détendue,
    Ne plus soupirer de regrets !

UN POÈTE ÉPIGRAMMATIQUE.

En vers piquants l'Épigramme mordante
Ira siffler la plume indépendante

De cet auteur qui, criant aux abus,
Voit chaque jour des malheurs prétendus;
Qui couvre tout du beau nom de patrie,
Qui tout d'un coup s'est trouvé libéral,
Gonflé d'orgueil et vide de génie,
Voulant le bien et ne croyant qu'au mal.
Je trahirai son généreux silence
Sur un abus qu'il veut taire à la France;
Car malgré lui, son dépit a percé,
Ce grand abus, c'est qu'il n'est pas placé.

UN CHANSONNIER.

Volez, Couplets que l'à-propos inspire,
Brillans de grace et de légèreté,
Volez, enfans de la gaîté,
Volez, enfans de la satire.

Je chante *Lisette,*
L'amour et le vin;
Et l'amour répète
Mon joyeux refrain.
Sur le ridicule
Un trait est lancé,
Le refrain circule,
Et le ridicule
Est déjà passé.

Malins enfans de la satire,
Enfans chéris de la gaîté,
Brillans de grace et de légèreté,
Volez, Couplets que l'à-propos inspire.

APOLLON.

Cherchez à recueillir tous ces genres divers ;
Que vos chants réunis animent vos concerts ,
Et, dans le tourbillon des écrits politiques,
Lancez tous en commun vos feuilles poétiques.
Ainsi naîtra le feu de la rivalité ;
Ainsi par le talent, le talent excité
Va créer chaque jour des merveilles nouvelles ;
De votre esprit fécond n'enchaînez plus les ailes ,
Travaillez ; et vos vers, cessant d'être ignorés
N'iront plus chez *Barba* mourir déshonorés.
Si toutefois sur vous s'appesantit l'orage ,
Si , malgré vos travaux, nul ne vous encourage ,
Si tant d'efforts enfin sont encor sans succès ,
Marchez en ennemis contre tous les Français ;
Et, prêts à vous venger de leur insouciance ,
Forcez-les de vous lire... au moins par pénitence.

CHARLES.

CHANT DE DÉLIVRANCE.

LES SCALDES.

Gloire à nos dieux, gloire au peuple des braves !
Chants de triomphe, éclatez dans les airs !
Le fier Danois, tyran de l'Univers,
Ne souille plus les rives Scandinaves ;
Il a reçu le trépas ou les fers.
Gloire à nos dieux, gloire au peuple des braves !

UN SCALDE.

Espérait-il, ce lâche usurpateur,
Courber nos fronts sous des lois abhorrées ?
Espérait-il d'un bras profanateur
Ravir encor nos vierges éplorées ?
Si trop long-temps notre glaive a dormi,
Il se réveille... Hella * punit le crime,
Et du Niflheim ** l'inévitable abyme
A dévoré le superbe ennemi.
Gloire, etc.

---

* Déesse de la mort.
** Enfer des Scandinaves.

Nous avons vu nos vainqueurs inhumains
De l'aigle noir devenir la pâture ;
Leur sang versé par nos vaillantes mains
De leur succès expie enfin l'injure ;
Loin de nos bords, fertiles en longs maux,
Leur insolence est à jamais bannie ;
Et sur ces murs d'où fuit la tyrannie,
La liberté voit flotter ses drapeaux.
Gloire, etc.

Ils n'ont pas lui pour la dernière fois
Ces heureux jours, où les fils de la gloire
Faisaient trembler les peuples sous leurs lois
Et fatiguaient le char de la victoire.
Si l'étranger nous rapporte des fers,
Que son trépas honore notre lance ;
Soyons toujours les Rois de la vaillance,
Soyons toujours les Rois de l'Univers.
Gloire, etc.

Le vil guerrier, transfuge de l'honneur,
Tombe et jamais ne vit dans la mémoire.
Mais au séjour de l'immortel bonheur
Odin reçoit les élus de la gloire.
Assis un jour au banquet du repos,
Des voluptés nous goûterons l'ivresse,
Et du plaisir la main enchanteresse
Nous versera le nectar des héros.
Gloire, etc.

A. BIGNAN.

ÉPIGRAMME

SUR LE *CONSERVATEUR*.

Pourquoi nommer *Conservateur*
Ce journal que je crains de lire?
Que *conserve*-t-il? notre honneur?
— Son injustice le déchire.
Veut-il nous *conserver* la paix?
— Non, c'est la haine qui l'anime.
— Mais veut-il enfin aux Français
Conserver leur Roi légitime?
— Il ne nous en parle jamais.
— Veut-il nous *conserver* la Charte?
— A chaque pas il s'en écarte.
— Au moins nous *conserve*-t-il bien
Et notre liberté chérie,
Et nos droits et notre patrie?
— Point. — Que *conserve*-t-il donc? — Rien,
Et dans son impuissance extrême,
Malgré ses efforts dangereux,
Il sera, ma foi, bien heureux,
S'il peut se *conserver* lui-même.

LE SACRE DE DAVID.

« Prends ton glaive, David, et revêts ton courage,
» Termine d'Israël la honte et l'esclavage;
» Le bouclier puissant de ma protection
» Va défendre à jamais les remparts de Sion,
» Sion qui de plaisirs et d'orgueil enivrée,
» Dans l'oubli de son Dieu languit dégénérée.
» Les crimes de Saül me la faisaient haïr,
» Les vertus de David me la feront chérir :
» Je lui rends mes bontés, puisque tu m'es fidèle.
» Saül, Roi réprouvé, Saül, sujet rebelle,
» En opprimant son peuple outrage mon pouvoir;
» Il se dit, l'insensé, dans son crédule espoir:
» Je suis Roi, je suis maître; et ma toute puissance
» Des mortels et de Dieu bravera la vengeance.
» Vœu superbe ! je vais, châtiant ses forfaits,
» Du fiel de mon courroux l'abreuver à longs traits.
» La vengeance qui dort se réveille terrible :
» D'un mot je briserai son audace inflexible ;
» Je lancerai ma foudre et le faible géant
» Rentrera pour toujours dans le sein du néant.
» Toi, mon fils, tu sauras, par un heureux prodige,
» De l'arbre de Jacob renouveler la tige.

» Ce front, déjà sacré des mains de Samuël,
» Un jour doit l'être encor par l'amour d'Israël ;
» Tu règneras, David, mais, ainsi je l'ordonne,
» Les degrés du malheur te conduiront au trône ;
» N'en accomplis pas moins mon immortel dessein,
» La vertu de ton Dieu respire dans ton sein ;
» Va, cours, et dans les murs de Sion renaissante
» Ramène de Juda l'élite triomphante ».

    L'Éternel a parlé : brûlant d'un saint transport,
De tous ses ennemis David jure la mort ;
Il s'arme, il part, il vole : au destin qui l'accable
Il oppose long-temps un front inébranlable.
Errant, persécuté de déserts en déserts,
Il mérite le sceptre à force de revers,
Et grand dans ses malheurs, comme dans ses victoires,
A toutes les vertus unit toutes les gloires.
Le jour arrive enfin où le Dieu d'équité
Va d'un rebelle heureux confondre la fierté.
Tremble, tremble, Saül ! le Dieu puissant se lève,
Il ébranle les cieux, il agite son glaive,
Et tu passes, pour prix d'un criminel orgueil,
Du triomphe à la mort et du trône au cercueil.

    Par la main du Très-Haut ramené dans Solyme,
David a renversé le pouvoir qui l'opprime.
Vainqueur des factieux, vainqueur des Philistins,
Seul il fait d'Israël la gloire et les destins.
Tout reconnaît ses lois ; et du haut de son trône
Il protège, soutient, récompense et pardonne.
Bientôt il veut qu'un pacte auguste et solemnel
Soit du bonheur public le garant éternel ;
De l'Euphrate au Jourdain les tribus appelées
Dans les remparts d'Hébron déjà sont rassemblées ;

Aux drapeaux de Juda flottent unis enfin
Les drapeaux d'Issachar et ceux de Benjamin.
Parmi des chants de joie et de reconnoissance,
David, le front baissé, vers le temple s'avance ;
Humble dans sa grandeur, il entre et son aspect
En inspirant l'amour, commande le respect.
Israël voit en lui son ange tutélaire,
La vieillesse, sa gloire, et l'enfance, son père ;
On chante ses exploits, on bénit ses bienfaits,
Et l'œil impatient s'enivre de ses traits.

 La fête a commencé : du pur sang des génisses
Les prêtres ont rougi l'autel des sacrifices ;
Des parfums de Saba les flots religieux
De leur douce vapeur ont embaumé les cieux.
Les vierges d'Israël, le front ceint de guirlandes,
De la terre féconde apportent les offrandes ;
Et toutes, redisant les cantiques d'honneur,
Exaltent sur le luth la gloire du Seigneur.

 Mais déjà les tribus, conduites jusqu'au trône,
Aux pieds du Roi chéri que leur amour couronne,
D'une éternelle foi déposent le serment :
Le pontife vers lui s'avance en ce moment,
Et priant pour ses jours, au milieu de l'enceinte,
Sur sa tête répand les flots de l'huile sainte ;
Il proclame son nom, et son nom répété
Sur les aîles des vents jusqu'aux cieux est porté.
David soudain se lève et chante sur sa lyre
Les immortels bienfaits de ce Dieu qui l'inspire.

» Gloire au Dieu d'Israël ! honneur à Jéhova !
» Lévites, entonnez le céleste *hosanna ;*

» Que vos hymnes pieux et vos chants pacifiques
» Du temple du Très-Haut remplissent les portiques!
» Solyme, quitte enfin ces vêtemens de deuil!
» Réjouis-toi, Liban et tressaille d'orgueil!
» Forêts, inclinez-vous! vents, prêtez-moi l'oreille!
» D'Israël délivré je chante la merveille.

» Quel bras a renversé le cèdre audacieux,
» Qui fatiguait la terre et menaçait les cieux?
» Il semblait immortel: Dieu souffle, et l'arbre tombe :
» Ainsi dans son espoir l'impiété succombe.
» Du bonheur d'un moment le superbe enivré
» Au céleste courroux se voit enfin livré;
» Il conçoit la douleur, il enfante le crime,
» Et chaque pas qu'il fait est un pas vers l'abîme.

» La grandeur de Saül comme une ombre a passé,
» Et du livre des rois son nom est effacé :
» Solyme allait périr, mais la bonté divine
» A relevé ses murs penchant vers leur ruine ;
» Comme un aigle, soutien de ses jeunes enfans,
» Au nid hospitalier conduit leurs pas tremblans;
» Tel, sur un peuple aimé Dieu déployant ses ailes,
» L'a porté dans Sion de ses mains paternelles.

» Grand Dieu! toi, mon espoir, ma force, mon appui,
» Toi, par qui sur nos fronts un jour plus pur a lui,
» Protège les Hébreux, exauce la prière
» Que t'adressent le cœur et la bouche d'un père;

» Daigne verser sur eux des bénédictions ;
» Que Solyme toujours commande aux nations,
» Et qu'à ses derniers fils elle lègue en partage
» De gloire et de bonheur un immense héritage ».

A. Bignan.

ÉPITAPHE D'UNE COQUETTE.

Cy-git la sensible Aspasie ;
Sur son teint blanc comme le lis,
La rose à peine épanouie
Semblait mêler son brillant coloris.
Ses dents, par les Grâces placées,
Se couvraient du plus bel émail,
Et paraissaient dans le corail
Autant de perles enchassées.
Toujours son haleine exhalait
Les parfums de la violette ;
Sa chevelure voltigeait
Sur une fraîche collerette :
La mort hélas ! l'a ravie à nos cœurs.
Passants que cette tombe arrête,
Séchez pour un instant vos pleurs ;
Cheveux, perles, corail, roses, lis, violette,
Tout se trouve dans sa toilette.

Nossent,
Avocat à la cour supérieure de Justice de Liége.

LA JEUNE FILLE

A

L'AMANT QU'ELLE NE CONNAIT PAS ENCORE.

ÉLÉGIE.

QUE veux-tu donc, impatient désir,
    Espoir d'un bonheur que j'ignore?
Où donc es-tu, toi que je dois chérir,
    Toi que déjà mon cœur adore?
Oui, dès long-temps il s'élance vers toi,
    Tourmenté de l'indépendance,
    Il t'a déjà donné sa foi,
    Il t'a livré mon existence.

Ne prends pas en mépris une si folle ardeur;
Du lien idéal où lui-même s'engage,
    Hélas! puis-je affranchir mon cœur?
    Tout son bonheur, c'est l'esclavage,
Tout son désir, c'est d'avoir un vainqueur.

    Quand finira ta longue absence?
Est-il bien loin de moi ce jour, ce jour heureux

Où répondant à mon impatience,
Ton cœur viendra du mien partager tous les feux.
J'ai nourri trop long-temps une fausse espérance ;
    Fidèle en vain, je t'attends tous les jours
Au premier rendez-vous des premières amours.

    Toujours poursuivant ma chimère,
Au bois silencieux, au vallon solitaire,
    J'ai redit mes longues douleurs,
Mais l'écho, l'écho seul répondit à mes pleurs.

Je promène en tous lieux ma vague inquiétude,
Je fuis le monde entier sans trouver le repos,
    Je ne veux que la solitude,
Et c'est elle pourtant qui cause tous mes maux.

    Jeux autrefois si chers à mon enfance,
Où j'ai vu le bonheur auprès de l'innocence,
    Pour moi vous n'avez plus d'attraits ;
    Aujourd'hui même la nature
    Étale en vain à mes yeux inquiets
Le luxe printannier de sa riche parure ;
Je ne vois qu'à regret les roses du matin,
Et les premiers rayons de l'aurore vermeille,
Et les rayons mourants du jour à son déclin ;
Je ne vois qu'à regret venir le lendemain
Qui me doit ramener tous les maux de la veille.
Le silence des nuits, la pompe d'un beau jour,
Tout me coûte un regret, tout fait couler mes larmes ;
Le printemps qui renaît sera pour moi sans charmes,
    Si le printemps se passe sans amour.

J'ai vu conduire aux autels d'hyménée,
Belle d'amour et de pudeur,
La jeune vierge fortunée;
Je la vis tressaillir d'orgueil et de bonheur,
Lorsqu'elle entra dans la maison nouvelle,
Où l'attendait, heureux et fier comme elle,
Le jeune époux qu'avait choisi son cœur;
Et moi seule toujours, toujours infortunée,
Sous le toit paternel je m'en suis retournée.

A chercher en vain le bonheur,
Suis-je donc toujours condamnée?
Dois-je pleurer toujours, victime abandonnée,
La solitude de mon cœur?

Vous qui peut-être avez fait ma blessure,
Poëtes enchanteurs, dussiez-vous la rouvrir,
Redites-moi ces chants d'ivresse et de plaisir,
Qu'à votre ame brûlante inspira la nature.
Dans l'île de Naxos faites couler les pleurs
D'une Princesse infortunée * ;
J'unirai mes chagrins à ses vives douleurs;
Hélas! plus qu'elle encor je suis abandonnée.

Venez donc, Poëtes fameux,
Enivrez-moi des sons de l'harmonie,
Embrâsez-moi de tous les feux
Dont le pouvoir fécond échauffe le génie.
Parlez surtout d'amour et d'amour malheureux,
Que Tancrède paraisse, et je suis Herminie.

---

* Ariane abandonnée par Thésée.

Ce n'est rien que d'aimer un ingrat, dont le cœur
    Est insensible au feu qui vous dévore,
Je me fais des ennuis bien plus cruels encore,
    Je suis esclave, et n'ai point de vainqueur;
J'aime... devrais-je aimer un être imaginaire?
Quand je ne l'ai point vu, devrait-il tant me plaire?

    D'un fol amour funeste égarement!
Toi, mon bonheur futur, aujourd'hui mon tourment,
    Il est donc vrai, je t'aime, je t'adore;
Je vante ta beauté fatale à mon repos;
J'admire tes vertus, je t'appelle un héros;
Et quel es-tu pourtant?... où vis-tu?... Je l'ignore.

    Nina redemandait aux cieux
Un amant dont la mort avait fermé les yeux;
    Dans mon malheur je suis plus folle encore;
J'appelle à moi l'objet d'un chimérique amour,
Un amant à venir, hélas! et qui peut-être
Dans ce monde désert où j'ai reçu le jour,
    Ne doit jamais paraître.

    Non, non, tu vis et tu vivras pour moi,
Nous pourrons nous aimer, nous donner notre foi.
Ah! j'en crois à présent la voix de la nature;
Pourrait-elle m'offrir une vaine imposture?
    Déjà mon sort est au tien enchaîné,
Je ne te connais pas, mais je t'ai deviné.

Et toi, qui des plaisirs me présentes l'image,
    Illusion, prestige séducteur,
        Non, non, tu n'es pas le bonheur,
    Mais du bonheur tu seras le présage.

Penser consolateur dont mon cœur est charmé !
Trop cher amant, peut-être aussi tu me désires,
Peut-être comme moi, près de moi tu soupires,
Peut-être gémis-tu de n'être pas aimé.

Oui, renaissons à l'espérance,
Le bien aimé, je dois le voir un jour ;
Mais las ! avant que mon amour
S'enivre du plaisir de sa douce présence,
Avant que le hazard puisse nous réunir,
Qui me dira combien de fois encore
Je dois voir le printemps et renaître et mourir ?
Sommes-nous séparés par un long avenir ?
Sous quel ciel éloigné vois-tu naître l'aurore,
O toi qui dois m'aimer, toi que je dois chérir,
Toi que déjà mon cœur adore ?

CHARLES RAISON.

SUR *BÉLISAIRE.*

QUE ton destin, *Bélisaire*, me touche !
Tu fus toujours doublement malheureux ;
Car dans Byzance on te creva les yeux
Et dans Paris on te ferme la bouche.

ÉPITRE

A MADAME PAULINE B***,

EN LUI ENVOYANT UN EXEMPLAIRE

De la *Numismatique* du Voyage d'Anacharsis.

MA muse folâtre et badine
Avait suspendu ses pipeaux,
Et j'ose à l'aimable Pauline
En présenter les fruits nouveaux.
Eh quoi! de la *Numismatique?*
Ce mot est Grec; il me fait peur,
Je ne peux pas souffrir l'Antique;
Qu'on me donne un flacon d'odeur...
Dirait sans doute mainte belle
A l'esprit du jour bien fidèle,
Qui n'a jamais eu pour savoir
Que le jargon d'une coquette,
Pour lieu d'étude, qu'un boudoir,
Qui n'a pensé qu'à sa toilette,
Et n'a lu que dans son miroir.

Mais Pauline est bien différente
De cette foule extravagante
De femmes sans goût, sans esprit;

Qui n'ont pour lois que leurs caprices,
Qui de hochets font leurs délices
Et qu'un sot vulgaire applaudit.
Pauline est bien loin d'être fière
Du talent de sa couturière,
Ou de celui de son coiffeur ;
Et si la prodigue nature
De traits dont on est enchanté,
Doua sa charmante figure,
Elle cherche par sa bonté
A faire excuser sa beauté.
Pauline sait tenir un livre
Et le lire... car bien souvent
On en a sans être savant.
Tel à son luxe ainsi se livre,
Et nous en montre de forts beaux,
Mais qu'il n'a vus que par le dos.

Malgré mon titre un peu sévère,
Je serai lu par la beauté,
Qui verra que l'Antiquité
Même à la jeunesse doit plaire ;
Nos opéras et nos tableaux,
Plus d'une riante chimère
Et bien des poëmes nouveaux
Sont les enfants du vieil Homère.
Ce père de la fiction
Aux Muses désigna leurs places ;
Et son imagination
A donné la naissance aux Grâces.
Il attacha les jeux, les ris,
A la ceinture de Cypris,

Et son fier et bouillant Achille,
Beau, jeune, indomptable héros,
Aux femmes, s'il était tranquille,
Plairait moins que par ses défauts.
La fantasque Mythologie
Est encor la fille chérie
De la savante Antiquité :
Toutes ses fables si riantes
Cachent, sous leurs erreurs brillantes,
Plus d'une utile vérité.

Eh bien ! cette *Numismatique*,
Dont le nom paraît effrayant,
A ces beaux souvenirs s'applique
Par un charme doux, attrayant.
Oui, des beaux arts l'heureux prestige
Vers son étude nous dirige ;
Et ses trésors frappent nos yeux
De ces essais ingénieux,
Par lesquels l'artiste commence,
Marche d'abord, et puis s'élance,
Et s'élève enfin jusqu'aux cieux.

Par les arts encore à l'histoire
Un appui certain est prêté ;
Ils vont au temple de Mémoire,
Graver, pour la postérité,
Et le nom fameux et l'image
D'un prince, d'un guerrier, d'un sage,
D'une belle, dont le destin
Serait ignoré de notre âge,
Sans le secours de leur burin.

Vous allez donc faire un voyage
Dans le pays des souvenirs.
Je vous y promets des plaisirs
Purs et faits pour une belle ame
Qui se transporte et qui s'enflamme
Aux récits des temps écoulés.
Des siècles se sont envolés
Sur les ailes du vieux Saturne.
Quand parfois au fond de son urne
Nous en trouvons quelques débris,
Ils sont pour nous du plus grand prix.
Daignez donc accepter l'hommage
De ceux qu'ici j'ai réunis ;
Que mon livre ait votre suffrage,
Et que chez vous il soit admis.

Pourtant, si votre goût le juge
Dans toute sa sévérité,
Qu'en un petit coin écarté
Il obtienne au moins un refuge :
Cherchez-lui quelques compagnons,
Afin d'adoucir sa disgrâce.
Tous les livres ne sont pas bons,
Et je puis penser, sans audace,
Que fût-il recouvert en veau,
Il est maint ouvrage nouveau
Qui pourra lui céder sa place.

DUMERSAN.

——————

ÉPIGRAMMES.

THALIE a deux valets sans être mieux servie,
L'un des deux serviteurs à l'autre porte envie ;
Il est maître pourtant et tout maître qu'il est,
Seul il fait le service et seul il veut paraître ;
Mais pour que la maison allât mieux, il faudrait
Que ce maître jaloux fût un meilleur valet,
Ou que l'autre valet fût un peu plus le maître.

VOYEZ cette éponge altérée
Se grossir, s'accroître, gonfler ;
Dans les mains est-elle serrée ?
Soudain elle va désenfler ;
Ainsi *Foidediable* à la ronde
S'enfle du bien de tout le monde.
On le prend pour un fameux Grec ;
Tordez, pressez, qu'il sera sec !

LES ADIEUX

D'HECTOR ET D'ANDROMAQUE*.

(Traduit de l'Iliade, Chant VI).

Hector, impatient de signaler sa lance,
Vers les portes de Scée, intrépide, s'élance;
Sa valeur le rappelle aux jeux sanglans de Mars;
Il va franchir les murs ; soudain à ses regards
Andromaque paraît, plaintive et gémissante.
Jadis Roi fortuné de Thèbe florissante,
Son père généreux, le noble Eétion
Unit sa destinée au héros d'Ilion.
Sur les pas d'Andromaque une esclave s'empresse ;
Elle porte ce fils , si cher à sa tendresse ,
Ce fils qui, jeune encor, noble espoir de l'état,
Semble un astre brillant de son premier éclat.
Scamandre est le doux nom que lui donne son père ;
Le peuple, dont Hector est l'appui tutélaire,
Le nomme Astyanax. Fier de son jeune fils,
Hector silencieux l'accueille d'un souris.

---

* Comparer ce morceau avec les traductions de M. Aignan
(*Iliade* trad. en vers français), et de M. Parseval-Grandmaison,
(Poëme des *Amours Épiques*).

Mais, l'œil baigné de pleurs, son épouse chérie
S'élance devant lui, saisit sa main, s'écrie :
« Malheureux ! où t'emporte une aveugle valeur ?
» D'une épouse et d'un fils crains le double malheur.
» Me faudra-t-il gémir, condamnée au veuvage ?
» Contre le nombre, hélas ! que pourra ton courage ?
» Si dans ce jour cruel ton sort est de périr,
» Que ne peut sous mes pas la terre s'entr'ouvrir !
» Ta mort serait la mienne. O regrets ! ô misère !
» Me reste-t-il encore ou mon père ou ma mère ?
» Dans son propre palais, à ses yeux ravagé,
» Mon père succomba par Achille égorgé.
» Il n'osa point pourtant, ce vainqueur sanguinaire,
» Porter sur son armure une main téméraire ;
» La flamme dévora ces restes glorieux,
» Un tombeau les reçut : c'est là, dans ces saints lieux,
» Qu'à partager leur deuil appelant leurs compagnes,
» Filles de Jupiter, les Nymphes des montagnes
» Viennent incessamment, à l'ombre des cyprès,
» Déposer leur tribut de pleurs et de regrets.
» J'eus sept frères encor ; sur les rives heureuses
» Où sans crainte ils paissaient leurs génisses nombreuses,
» Achille les surprit, Achille en un seul jour
» Les fit descendre tous au ténébreux séjour.
» Ma mère qui de Thèbe avait marché la reine,
» Soumise aux lois d'Achille et pour briser sa chaîne,
» A ses avares mains prodigue des trésors :
» De sa patrie enfin elle revoit les bords,
» Et sous les traits vengeurs de Diane irritée,
» Dans l'empire infernal tombe précipitée.
» Père, mère, parens, hélas ! j'ai tout perdu ;
» Mais il me reste Hector, Hector m'a tout rendu ;

» Ah! daigne conserver, si mon amour t'est chère,
» A ta femme un époux, à ton enfant un père ;
» Ne quitte point nos murs : non loin de ces figuiers
» Enchaîne prudemment l'ardeur de tes guerriers ;
» C'est par-là que des Grecs les héros intrépides,
» Idoménée, Ajax, Tydée et les Atrides
» Ont trois fois d'Ilion menacé les remparts :
» Un Dieu, sans doute, un Dieu, présent à leurs regards,
» Enflammait tant d'audace, ou, forts de leur courage,
» Ils se sont frayé seuls un si hardi passage ».

    « Est-ce à toi de trembler, quand c'est à moi d'agir ? »
Répond le grand Hector : « J'aurais trop à rougir,
» Si, d'un coupable effroi devenu vil esclave,
» Je renonçais en lâche au droit de vaincre en brave ;
» Des Troyens indignés quels seraient les discours ?
» Auraient-ils donc en vain compté sur mon secours ?
» Au poste du péril un moment infidelle,
» Ai-je trahi jamais la gloire paternelle ?
» Dédaigneux du danger, prodigue de mon sang,
» J'ai toujours réclamé l'honneur du premier rang.
» Le destin, si j'en crois un sinistre présage,
» Trahira mon espoir, trahira mon courage.
» Palais de mes aïeux, murs sacrés d'Ilion,
» Il doit venir le jour de la destruction,
» Je le sais ; mais Priam, mais Hécube et mes frères
» Promis par la victoire aux lances étrangères,
» Mais nos murs renversés m'inspirent moins d'effroi,
» Que l'image des maux prêts à fondre sur toi,
» O ma chère Andromaque !... esclave infortunée,
» Loin des champs phrygiens par un Grec entraînée,
» Dois-tu courber le front sous des maîtres nouveaux,
» Et dans Argos, captive, y tourner les fuseaux ?

» Toujours plus malheureuse et plus désespérée,
» Aux bords de Messeïde, aux sources d'Hypérée,
» Tu viendrais puiser l'onde !... ô mortelles douleurs !
» Les lâches se diraient au mépris de tes pleurs :
» C'est la veuve d'Hector, d'Hector, dont la grande ame
» Fut long-temps le rempart et l'orgueil de Pergame.
» O Dieux ! ces mots cruels déchireraient ton cœur,
» Tu n'aurais plus d'appui dans un époux vainqueur :
» Mais avant qu'Andromaque à tant de maux succombe,
» Hector aura dormi dans la nuit de la tombe ».
   Le guerrier, à ces mots, de tendresse animé
Tend un bras caressant vers son fils bien-aimé ;
Mais du casque d'airain l'aigrette frémissante
S'agite et sur son front brille au loin menaçante.
L'enfant, à cet aspect, poussant un cri soudain,
Implore sa nourrice et se jette en son sein.
Pour les yeux maternels ce spectacle a des charmes ;
Hector lui-même, Hector a ri de ses alarmes :
Il dépose le casque, objet de sa terreur,
Et des Dieux sur son fils appelant la faveur,
Tour à tour le contemple et tour à tour l'embrasse :
« Jupiter, et vous Dieux, protecteurs de ma race,
» Que mon cœur tout entier respire dans le sien !
» Qu'il soit l'amour, l'espoir et l'appui du Troyen !
» Qu'un jour Ilion dise, en chantant sa victoire :
» Fils d'un glorieux père, il surpasse sa gloire.
» A l'exemple d'Hector, qu'au retour des combats,
» Le butin ennemi charge son jeune bras,
» Et puisse alors sa mère, au comble de l'ivresse,
» Tressaillir à la fois d'orgueil et d'allégresse ! »
   Andromaque a reçu dans son sein maternel
Ce fils, garant sacré d'un amour éternel.

Moment cruel et cher et d'espoir et d'alarmes !
Le plus tendre souris brille parmi ses larmes ;
Hector la voit pleurer et touché de ses pleurs :
« Chère épouse, dit-il, apaise tes douleurs :
» Sans l'ordre des destins, aux champs de la vaillance,
» Nul guerrier de mon sang n'abreuvera sa lance.
» A l'inflexible sort également soumis,
» Et le brave et le lâche au tombeau sont promis.
» Mais toi, dans ton palais tranquille et renfermée,
» Va reprendre soudain la toile accoutumée ;
» Ce sont là tes travaux : pour les Troyens, pour moi,
» Combattre est un devoir, triompher une loi ».
   Il a dit et déjà sur sa tête guerrière
Le casque a déployé sa flottante crinière.
Triste et tournant vers lui des regards inquiets,
Andromaque à pas lents regagne le palais ;
Elle entre, à son aspect ses esclaves nombreuses
Font retentir les airs de plaintes douloureuses,
Et toutes à la fois tremblantes pour Hector,
Déplorent son trépas, quand il respire encor.

A. BIGNAN.

A LA SOEUR *MARTHE*.

APPUI consolateur de l'humaine faiblesse,
Mère de l'orphelin, soutien de la vieillesse,
Tu sèmes en tous lieux tes bienfaits, et tu rends
L'espoir aux malheureux et la vie aux mourants.

A

M. LE VICOMTE DE CHATEAUBRIANT,

PAIR DE FRANCE.

Puisse la Vierge des déserts
Ne pas gémir de sa métamorphose!
C'est assez pour nous si nos vers
Ressemblent toujours à ta prose.

~~~~~~~~~~~~~

ATALA ET CHACTAS.

CANTATE.

(La scène se passe dans la Floride.)

CHACTAS, *enchaîné et gardé par un Muscogulge.*

Beaux palmiers! vallons solitaires!
Fleuve natal! que j'ai perdus,
Devant la tombe de ses pères
Chactas ne s'inclinera plus.

O vierge des amours premières,
Pour qui devait battre mon cœur,
Je meurs aux terres étrangères,
Quand je pouvais naître au bonheur.

Chactas ! avec ton existence
Ils vont donc s'éteindre et périr,
Du plaisir la douce espérance,
Du Désert l'heureux souvenir !
Quoi !... je fus courageux, et c'est là tout mon crime.
Vingt fois de Simaghan je confondis l'orgueil,
J'envoyai ses guerriers dans la nuit du cercueil ;
Aujourd'hui son captif, je deviens sa victime :
Il faut périr !

ATALA, CHACTAS.

ATALA, *au Muscogulge.*
Retire-toi, guerrier ;
La fille de ton chef garde le prisonnier.
CHACTAS.
Qui peut donc amener cette femme inconnue
Près de l'étranger malheureux ?
Cette noble candeur, cette grâce ingénue,
La touchante bonté qui se peint dans ses yeux.....
Oui, c'est la vierge solitaire
Pour qui devait battre mon cœur :
Pourquoi faut-il quitter la terre
Quand je pouvais naître au bonheur ?
ATALA.
O toi qui vas perdre la vie,
Du maître des chrétiens adores-tu la loi ?

CHACTAS.

Du Désert le puissant Génie
Dira s'il fut jamais abandonné par moi.

ATALA.

Dans les déserts, comme toi, je suis née :
Mais crois-tu que dans les déserts
J'adore une puissance aux déserts seuls bornée ?
Non : celui qui me voit devant lui prosternée,
C'est le Dieu d'Israël, le Dieu de l'Univers.

CHACTAS.

Qui donc es-tu, généreuse étrangère ?

ATALA.

Je me nomme Atala, Simaghan est mon père.

CHACTAS.

O Chactas ! celle que ton cœur
Déjà regardait en amie,
Elle est fille de ton vainqueur !
De tes dieux elle est ennemie !

ATALA.

Je suis fille de ton vainqueur :
Mais est-ce moi qui voulus ton malheur ?
Ne puis-je te plaindre en amie ?
Des faux dieux je suis ennemie :
Je déteste, il est vrai, le tien,
Le tien, de nos forêts puissance imaginaire ;
Oui, mais apprends que j'honore le mien
En m'affligeant de ta misère.

CHACTAS.

Atala plaint Chactas ! ah ! Chactas est heureux.

ATALA.

Tu parles de bonheur, et ta mort se prépare.

3.

CHACTAS.

Je te vois... je l'oublie... oui, mon amour m'égare.
Mon sort pour être plaint n'en est que plus affreux.
J'entrevois le plaisir, mais bientôt je succombe ;
    Bientôt je te perds à jamais.
    Ah ! c'est descendre dans la tombe
        Avec trop de regrets.

    Douce à la fois et fatale entrevue ,
    Tu fais souffrir et tu charmes mon cœur.
    Naguère au moins j'ignorais le bonheur ,
    Chère Atala ! je ne t'avais point vue.

CHACTAS.	ATALA.
Au malheureux qui n'a plus d'avenir,	Quand pour Chactas il n'est plus d'avenir,
Cesse, Atala, d'offrir une espérance:	C'est un tourment pour moi qu'une espérance:
Je t'aime, et ce cruel plaisir	Je t'aime, et ce cruel plaisir
Ne fait encor que doubler ma souffrance.	Ne fait encor que doubler ma souffrance.

CHACTAS.

Inutile pitié !

ATALA.

Ton malheur est le mien.

CHACTAS.

Mon cœur ne peut répondre aux battemens du tien.
    Puis-je mêler la mort avec la vie ?
Il me reste un moment.....

ATALA.

        Il te reste une amie.

CHACTAS.

Vas, fuis-moi pour jamais, fuis loin de l'étranger ;
    Tu plains mon sort, mais peux-tu le changer ?

ATALA, *emportée par la passion.*

Oui, je puis te rendre à la vie,
Je peux briser tes fers, je peux fuir ce séjour :
Mes devoirs, mon honneur, mon père, ma patrie,
Je peux tout oublier, tout, excepté l'amour.
Viens avec moi, viens avec ton amie ;
Enfonçons-nous dans le sein des forêts.....

CHACTAS.

Double bonheur dont mon ame est ravie !
Et c'est pour toi que je vivrais,
Et c'est à toi que je devrais la vie !
Ton Dieu le permet-il ?

ATALA, *revenant à elle.*

Non... je l'outragerais.
Je ne le puis.

CHACTAS.

A lui-même contraire,
Ce Dieu pourrait à la fois t'ordonner
Et de me plaindre et de m'abandonner ?

ATALA.

Que faisais-je ?... ou plutôt, qu'avez-vous fait, ma mère ?
Vous me fîtes jurer à votre heure dernière
De vouer à Dieu seul mon cœur et mon amour.
Malheureux fut le sein où je puisai le jour !

Mon Dieu ! tu vois les tourmens que j'endure ;
Parle : que faire en ces affreux momens ?
Dois-je écouter la voix de la nature ?
Dois-je écouter la voix de mes sermens ?

En vain je désirais les nœuds de l'hyménée :
Par un serment trop rigoureux

Chactas ! ton amante enchaînée,
Peut s'unir au malheur, et non au malheureux.
Pardonne au trouble où mes esprits s'égarent :
La pitié nous unit, mais nos dieux nous séparent.

CHACTAS.

Eh bien ! livrez Chactas à son cruel vainqueur.
Loin de voir d'un ami la plaintive tendresse
Gémir de ses tourmens, souffrir de son malheur,
Mourant, il ne verra qu'une barbare ivresse,
Et son dernier cri de douleur
Donnera le signal aux cris de l'allégresse.

CHOEUR *lointain de Sauvages.*

La mort !
Triomphe ! victoire !
La mort !
Vengeons notre gloire !
La mort !
La voix du génie,
La voix de l'honneur,
Des fils de la patrie
Le sang accusateur
Tout nous crie,
Tout demande encor
La mort !

ATALA.

Cri fatal ! ô douleur ! tu l'entends sans te plaindre !

CHACTAS.

Puisque tu lui ravis ton cœur,
Chactas est trop heureux quand le sien va s'éteindre :
La mort n'est plus un mal, c'est la fin du malheur.
Hélas ! l'amour n'eut qu'une aurore,
Et mon premier plaisir fut à mon dernier jour.

ATALA.

Tu péris sans chagrin.... péris-tu sans amour ?

CHACTAS.

Peux-tu le demander ? ce cœur palpite encore.

LE CHOEUR *répète en s'approchant.*

La mort !

Triomphe ! victoire!

La mort !

Vengeons notre gloire!

La mort !

ATALA.

Il va périr !... malheureuse! que faire?

Comment l'arracher au trépas ?

Ou je trahis ma mère,

Ou je trahis Chactas.

(*Elle sort éperdue.*)

CHACTAS, SIMAGHAN.

(*La nuit arrive progressivement.*)

CHOEUR *de Sauvages.*

Vengeance, amis, vengeance !

Chactas a bu dans les crânes sanglans

Des fiers guerriers qu'immola sa vaillance;

Livrons Chactas aux plus affreux tourmens.

Vengeance, amis, vengeance !

SIMAGHAN, *à Chactas.*

Captif, tu vas subir ton sort.

Nos Sachems assemblés ont demandé ta mort.

Réjouis-toi ; tu vas, du sein des flammes,

Descendre glorieux dans le pays des ames.

Ministres du trépas, allumez vos flambeaux !

Et vous, mânes plaintifs! vous, ombres outragées!
Qui voyez votre honte et votre mort vengées,
Tressaillez de plaisir au fond de vos tombeaux.

CHACTAS, *sur le bûcher.*

Salut, dernier jour de ma vie!
Salut aussi, nuit du repos!
Si je te perds, ô ma patrie,
Je vais rejoindre tes héros.
Je brave une impuissante rage;
La mort n'a rien d'affreux pour moi:
Je la donnais avec courage,
Je la recevrai sans effroi.

SIMAGHAN, *aux Sauvages.*

Allumez le bûcher; périsse la victime!
C'en est trop.

ATALA, *accourant.*

Arrêtez, vous commettiez un crime.

SIMAGHAN.

Et quel crime?

ATALA.

Oui, guerriers, suspendez ces apprêts;
La nuit sur le Désert étend ses voiles sombres:
Avez-vous oublié l'heure où dans nos forêts
Va reposer le Dieu des ombres?
Par la mort de Chactas vous troubleriez sa paix.

SIMAGHAN, *aux Sauvages.*

Amis! suivons des dieux l'arrêt irrévocable.
A l'arbre de la mort qu'on l'enchaîne aujourd'hui:
Demain aux regards du coupable
Pour la dernière fois le soleil aura lui.

(*On enchaîne Chactas.*)

LE CHOEUR.

Sous la forêt hospitalière,
Que Chactas avec nous s'abandonne au sommeil;
Cette nuit est sa nuit dernière,
Et la mort sera son réveil.

(*Les Sauvages s'endorment.*)

ATALA.	CHACTAS.
La vengeance sommeille;	La vengeance sommeille;
Doux espoir pour mon cœur!	O supplice nouveau!
Auprès du malheur	Près de son bourreau
La pitié veille.	La douleur veille.

ATALA.

Non, non, Chactas ne peut périr,
Atala lui sera fidèle :
Tu me défends, mon Dieu, de le chérir;
Mais pour que je puisse obéir,
Rends-le moins malheureux, ou fais-moi plus cruelle.

(*Elle délie Chactas.*)

CHACTAS.

Grands dieux! tu m'aimes donc encor!
Tu me sauves! Mais pense à l'amour qui nous lie;
C'est peu que d'arracher le captif à la mort,
Il te faut à l'amant donner toute ta vie.

ATALA.

L'amour parle, il suffit; je partage ton sort.
O ma mère! pardonne!... En ce moment terrible
Peut-être je trahis mes sermens et mes vœux;
Mais Chactas va périr, Chactas est vertueux,
Ta fille à la pitié n'est point inaccessible.
J'ai vu de son trépas les horribles apprêts;
Il va périr!... et je le souffrirais!
Non, cet effort est impossible.

(*Atala et Chactas fuient à travers les rochers.*)

SIMAGHAN, *se réveillant.*

Chactas a fui! guerriers, réveillez-vous;
Volez, et qu'à l'instant il tombe sous vos coups.
Qui protégea sa fuite, et quel est le perfide?

ATALA, *du haut du rocher.*

C'est moi; si de mon sang votre rage est avide,
Frappez.

SIMAGHAN.

De le soustraire à notre inimitié
Qui t'inspira le dessein téméraire?

ATALA.

L'amour et la pitié.

SIMAGHAN.

Où conduis-tu ses pas?

ATALA.

Sous un ciel tutélaire.

SIMAGHAN.

(*Chactas s'éloigne.*)

Quel est-il donc ce Chactas?

ATALA.

Malheureux.

SIMAGHAN.

Et ma fille est mon ennemie!

ATALA.

Elle t'épargne un crime affreux.

SIMAGHAN.

Elle trahit les dieux de la patrie!

ATALA, *en s'éloignant.*

Qui sauve un innocent ne trahit point les dieux.

SIMAGHAN.

Elle fuit! ô Génie! est-ce donc ta puissance
Qui pour sauver Chactas enchaîne ma vengeance?

LE CHŒUR.

Du courage qui la soutient,
Amis, reconnaissons l'empire :
C'est un Dieu qui l'inspire,
Un Dieu qui nous retient.

A. Bignan et Ch. Raison.

DIALOGUE

ENTRE M. DUVAL ET JOCRISSE.

J. Monsieur Duval, vous voilà donc encore
    Un enfant de plus sur les bras ?
  D. C'est une *fille* qui m'honore.
  J. Le public ne le pense pas.
  D. A tous pourtant elle sait plaire ;
On vante ses talens, sa grâce, sa candeur.
  J. Oh ! oui, pour elle elle prend tout *l'honneur*,
    Et n'en laisse pas à son père *.

---

* La *Fille d'honneur* est un de ces ouvrages que personne ne juge
avec impartialité, et que chacun exalte ou déchire suivant le parti
auquel il tient. Il semblerait, par exemple, d'après l'insertion de
l'épigramme sur le *Conservateur* dans le premier numéro, que
nous n'aurions pas dû donner asile à celle sur la *Fille d'honneur*.
Mais nous ne devons juger que les ouvrages, et non pas les hommes ;
les Muses n'ont point de parti, et il entre dans le plan de notre
Recueil d'admettre tous les vers qui nous paraîtront bien faits,
quelle que soit l'opinion qui les ait dictés.

LE VERRE D'EAU SUCRÉE.

> ... Liquido cum plasmate guttur
> Mobile collueris, patranti fractus ocello.
>
> (PERSE, sat. 1. v. 15.)

PINDARE, dans une ode en tous lieux admirée,
 Vante aux mortels le prix de l'eau :
 Cet éloge sans doute eût été bien plus beau,
Si Pindare eût connu le verre d'eau sucrée.

Notre siècle lui doit tous ces vers enchanteurs
Qui, sortant des boudoirs, vont chez les confiseurs,
Et mêlent leurs douceurs à celles des dragées ;
Nous lui devons encor ces jolis orateurs
Dont les phrases, toujours par l'amour arrangées,
Vont de nos almanachs enchanter les lecteurs.

 Qui n'aime à voir, dans une académie,
 Un jeune auteur, au regard doucereux,
 Lisant ses vers dont il est amoureux,
 De temps en temps exciter son génie
 Par le secours de ce breuvage heureux ;
 Et nous prouver par l'ardeur qui l'entraîne,
 Que l'eau sucrée est pour lui l'hippocrène ?

Son vers harmonieux devient encor plus doux ;
Le sucre qu'il savoure est tout dans son langage ;

Et le censeur le plus sauvage,
Et le rival le plus jaloux,
Tous deviennent pour lui doux comme son breuvage.

Vous avez vu plus d'un prédicateur,
En fatiguant sa poitrine altérée,
Fatiguer par ses cris l'oreille déchirée
Du plus patient auditeur :
C'est qu'on n'a point encor dans la chaire sacrée
Employé le secours du verre d'eau sucrée.

A quoi sert le génie où l'on manque de voix?
Quelque habile que soit un auteur à la mode,
Un verre d'eau sucrée est pour lui fort commode :
Il peut broncher; Homère a dormi quelquefois.
Lit-il un vers trop rude? Il tousse. La coutume
Met tous les méchans vers sur le compte du rhume.
Un trait faible survient; il tousse, il tousse encor;
On maudit cette toux qui suspend son essor.
Lui, cédant aux désirs de la foule éplorée,
Avale doucement le verre d'eau sucrée,
Et cache habilement, par ce secret nouveau,
L'âpreté de son vers dans la douceur de l'eau.
Aussitôt des bravos la touchante harmonie
Unie au bruit des mains, applaudit au génie.

Vous que la France élut pour soutenir nos droits,
Dans l'auguste tribune où triomphent les lois,
Souffrez, auprès de la Charte chérie,
Le verre d'eau sucrée; et songez, je vous prie,
A prévenir l'extinction de voix,
Quand vous parlez pour la Patrie.

J. P. Brès.

TRADUCTION LIBRE

DE

L'ODE D'HORACE A VALGIUS :

(NON SEMPER IMBRES NUBIBUS HISPIDOS, etc.)

Durant toute l'année une pluie abondante
N'inonde pas des champs les sillons attristés,
Et des autans la voix grondante
Ne règne pas toujours sur les flots agités.

Les agrestes vallons de l'Arménie antique
Ne sont pas de frimats en tous temps hérissés;
Et du Gargan altier le chêne prophétique
N'est pas toujours battu des aquilons glacés.

L'orme enfin dépouillé de sa tendre parure,
Ne languit pas toujours par l'hiver accablé;
Au retour des zéphirs une aimable verdure
Vient orner de nouveau son front échevelé.

Vous seul, ô Valgius ! le cœur plein de tristesse,
D'un funeste avenir vous semblez occupé,
Hélas ! et vous pleurez sans cesse
Le fils que dans vos bras le trépas a frappé.

Vous pleurez de ce fils la mort prématurée,
Quand l'astre radieux descend au sein des mers ;
La nuit vous gémissez, et l'aurore pourprée
Souvent vous trouve encor baigné de pleurs amers.

Mais cependant Nestor, ce monarque si sage,
Ne pleura pas toujours, quoiqu'affaibli par l'âge,
Son cher fils Antiloque, atteint du coup mortel ;
Et pour ses tendres sœurs que charmait son courage,
Troïle, descendu sur l'infernal rivage,
Ne fut pas de douleurs un objet éternel.

Les dieux assez long-temps ont vu couler vos larmes
Sur les cendres d'un fils justement regretté :
Mettez, ô Valgius ! un terme à vos alarmes.
L'épreuve d'un grand cœur est dans l'adversité.

Chantons plutôt, chantons les glorieux trophées
Qu'abandonna le Mède aux armes de César,
    Et sur la lyre des Orphées
Célébrons la victoire enchaînée à son char.
      Immortalisons le génie
      Qui des fleuves de l'Arménie
      Abaissa l'orgueil irrité,
      Et dont la belliqueuse audace
      Refoula dans ses champs de glace
Le Scythe aventureux jusqu'alors indompté.

AUGUSTE MOUFLE.

L'AMOUR AU PRINTEMPS.

Pour qui réserves-tu, lumière de ma vie,
     Ce front si pur, ces yeux pleins de douceur,
Ces attraits ravissans dont la rose fleurie
A peine égalerait l'éclat et la fraîcheur?
Pour qui réserves-tu ce sourire adorable,
Et ce mol abandon, et ce doux sentiment,
Trésor de volupté que desire un amant,
Et l'unique remède au tourment qui l'accable?
     A quel mortel, ou plutôt à quel dieu,
Dans ton rapide élan, dans ta gaîté folâtre,
Et ces lèvres de rose, et ces deux monts d'albâtre,
Viendront-ils prodiguer leurs parfums et leur feu?
Ah! qu'il est fortuné, qu'il est digne d'envie,
Celui que ton amour appelle à recueillir
Sur ton sein palpitant, sur ta bouche attendrie,
Et le premier baiser, et le premier soupir!
Dans cet art enchanteur dont l'amour est le maître,
Songe que c'est à moi d'instruire un jeune cœur.
C'est trop me résister : hâte-toi de connaître
La tendre inquiétude et la molle langueur.
Jeune vierge, au plaisir livre-toi sans partage :
Vois-tu s'unir pour toi dans ce moment heureux
Le printemps de l'année au printemps de ton âge?
Il faut cueillir les fleurs dans la saison des jeux.
Tout parle de bonheur en ce riant bocage :

Les oiseaux y chantent leurs feux,
Le ramier est plus langoureux,
Sa compagne se montre et plus tendre et plus belle;
En soupirant ses sons mélodieux,
C'est un hymne à l'amour que chante Philomèle :
O fortuné moment! séjour délicieux !
Regarde; autour de toi tout aime, tout désire :
Chaque être est par l'amour au plaisir invité;
Et toi, dans ce concert de tendre volupté,
Veux-tu rester sans voix, sans trouble et sans délire ?

Talairat.

L'HOTEL GARNI,

ou

L'ERREUR D'UN PROVINCIAL.

Arrivé depuis peu du fond du Finistère,
J'allais partout cherchant un pied-à-terre,
Lorsqu'enfin j'aperçus une grande maison
Où chaque jour venait nouveau patron,
Où l'on entrait soudain, où l'on ne restait guère,
Où régnait un tumulte, un désordre infini;
Je crus entrer dans un hôtel garni :
C'était l'hôtel d'un ministère.

FABLE.

L'ENFANT ET LE KALEIDOSCOPE.

Tu pleures? mon enfant; dis-moi, de ton chagrin
      Quel est le prétexte ou la cause?
       — C'est ce joujou, dont ce matin
    J'aimais tant la métamorphose.
— Le kaleidoscope! Eh! que t'a-t-il donc fait?
— Il offrait à mes yeux une fleur si jolie!
Je voudrais la revoir : mais toujours il varie
      Sans me rendre le même objet.
— Ce jeu d'illusions, mon fils, cette inconstance,
Dont se plaint aujourd'hui ton inexpérience,
      Te retrace fidèlement
Nos projets fugitifs, nos plaisirs d'un moment.
Enfin, pour m'expliquer à la façon d'Ésope,
Le temps tourne pour nous un Kaleidoscope;
Et ce que tour à tour il nous offre ici-bas,
Quand on l'a laissé fuir, il ne nous le rend pas.

          STÉPHEN ARNOULT , à Amsterdam.

FRAGMENT

D'UNE TRADUCTION NOUVELLE

DE

LA JÉRUSALEM DÉLIVRÉE (1)

(CHANT IX.)

Dans la pourpre et l'azur se réveille l'aurore ;
Argillan, dégagé des liens qu'il abhorre,
S'empare, impatient d'expier son erreur,
Des armes que le sort présente à sa fureur.
Tel un noble coursier tout-à-coup rompt sa chaîne,
S'élance, libre enfin, dans une immense plaine,
Bat la terre sonore, et, parmi les troupeaux,
Va bondissant sur l'herbe, ou plongeant dans les eaux ;
Ou, balançant sa tête et superbe et guerrière,
Abandonne aux zéphirs sa flottante crinière ;

---

(1) Cet ouvrage paraîtra par souscription, en deux livraisons.
On souscrit chez Pillet aîné, rue Christine, n. 5 ; et chez Durey,
quai des Grands-Augustins, n. 25.

4.

Un feu brûlant jaillit de ses naseaux ouverts,
Et ses hennissemens résonnent dans les airs.

    D'un regard menaçant, d'un aspect intrépide,
Le farouche Argillan, dans sa course rapide,
Sur le sable rougi par les sanglans combats,
Laisse à peine en fuyant l'empreinte de ses pas.
Dans l'affreuse mêlée il tombe, et sa furie
Insultant par ces mots à la horde ennemie :
« O stupides soldats ! vil rebut des humains !
» Qui peut à tant d'audace encourager vos mains ?
» Lâches, qui, succombant sous le fardeau des armes,
» N'avez jamais appris à vaincre les alarmes ;
» Dont la mollesse enfin ne saurait manier
» Le bouclier du brave et le fer du guerrier ;
» De vos mains dans les airs se perd le trait timide ;
» Toujours votre salut est la fuite rapide.
» Vos exploits, vos travaux par l'ombre recueillis,
» Dans la nuit qui vous sert restent ensevelis.
» Les ténèbres ont fui : quelle est votre espérance ?
» C'est aux rayons du jour que lutte la vaillance.
» Incapables de gloire, ainsi que de valeur,
» L'opprobre vous attend dans les champs de l'honneur. »

    Il achève, et sur eux impatient de fondre,
Frappe Algazel tremblant déjà prêt à répondre ;
Il le blesse à la gorge, et lui ferme à la fois
Le passage de l'air, le chemin de la voix.
La nuit couvre ses yeux dans une horreur soudaine ;
Il sent la froide mort courir de veine en veine,
Chancelle, et dans sa chute avec fureur il mord
Cette terre odieuse où l'attendait la mort.
Ainsi que Saladin, Muléassem succombe.
Argillan, aux regards d'Agricalte qui tombe,

D'Aldiazil, d'un coup, fend le corps monstrueux ;
Au sein d'Ariadin son glaive impétueux
Plonge : le Sarrasin roule sur la poussière.
Le superbe vainqueur, à son heure dernière,
L'insulte ; mais sur lui levant un œil mourant,
L'infidèle au guerrier répond en expirant :
« Orgueilleux ennemi ! qui que tu sois, écoute.
» Il approche l'instant que ton ame redoute.
» Ne pense pas jouir d'un triomphe cruel :
» Tu seras près de moi frappé du coup mortel. »
Lui, d'un sourire amer : « Que le ciel en décide ;
» Sois l'aliment des chiens et du vautour avide. »
Il dit, et sous les pieds foulant son corps tremblant,
En arrache la vie et le glaive sanglant.

Mais parmi ces guerriers qui tous portent la lance,
Ardent, et coloré des roses de l'enfance,
Cher au fier Soliman, s'offre l'heureux Lesbin.
Une perle attachée à la fleur du matin
Brille dans la sueur qui mouille son visage *.
La poussière des camps, s'élevant en nuage,
Embellit ses cheveux d'un éclat argenté,
Et sur son front respire une douce fierté.
Il s'avance ; et, semblable à la neige nouvelle
Couronnant l'Apennin sur sa cime éternelle,

---

* Ces deux vers ne nous paraissent pas présenter à l'esprit un
sens assez clair. On ne comprend pas tout de suite que les gouttes
de sueur qui mouillent le visage de Lesbin ressemblent aux gouttes
de la rosée qui brillent sur les fleurs. L'auteur italien dit :

> Pajon perle e rugiade in sulla bella
> Guancia irrigando i tepidi sudori.

(*Note des Editeurs.*)

Plus léger que la flamme et plus prompt que l'éclair,
Son blanc coursier s'élance et bondit et fend l'air.
Sa jeune main agite un javelot numide ;
A son flanc généreux pend le glaive homicide
Dont le fourreau superbe, oriental trésor,
Resplendit aux regards, tissu de pourpre et d'or.
L'aspect de la victoire enflammant son courage,
Il sourit au combat et se plaît au carnage ;
Impétueux, il vole, et sa bouillante ardeur
Porte aux rangs ennemis le trouble et la terreur.
Mais l'adroit Argillan *, quand dans sa main sanglante
Tourne légèrement l'épée étincelante,
L'observe, tout-à-coup frappe son blanc coursier,
Et pose un bras cruel sur le jeune guerrier.
En vain l'infortuné se plaint et le supplie,
Au nom de la pitié, de lui laisser la vie ;
Du farouche vainqueur l'inexorable main
Lève sur lui le fer, et le fer plus humain
Semble épargner ses traits, se détourne, s'égare :
Mais il n'est plus d'espoir ; le glaive du barbare
Redouble, trop fidèle à son ressentiment,
Et le monde a perdu son plus bel ornement.
    Soliman, qu'en des flots de sang et de poussière
Pressait de Godefroi la phalange guerrière,
Abandonne la foule, et s'élance soudain
Aux lieux où le danger menaçait son Lesbin.
Tout cède à sa fureur : à travers le carnage
Son fer victorieux s'ouvre un large passage.

---

* Il est fâcheux que le mot *sa*, qui se rapporte à la main de
Lesbin, paraisse s'appliquer à celle d'Argillan.

C'en est fait : Soliman ne peut le secourir ;
Mais il peut le venger : il l'aura vu mourir.
Il approche, il le trouve étendu sur la terre.
Tel sous l'avide faux tombe un lis solitaire.
Hélas! ses yeux si beaux tremblent en se fermant ;
Sa tête sur son cou penche languissamment ;
La pâleur de la mort rend plus touchans ses charmes.
Ce cœur d'airain s'émeut, il répand quelques larmes.
Tu pleures, Soliman! et tu vis sans pleurer
Le sort combler tes maux et ton règne expirer!
Mais voilà l'ennemi que ta haine dévore ;
Du sang qui te fut cher ce glaive fume encore.
A la tendre pitié succède la fureur ;
Les larmes tout-à-coup se sèchent dans son cœur :
Il fond sur Argillan qui frémit et s'arrête,
Fendant son bouclier et son casque et sa tête.
Triomphe, Soliman! le sort en a jugé :
Le meurtrier expire, et Lesbin est vengé.

TERRASSON.

EPIGRAMME

SUR HECUBE ET POLYXÈNE.

Croyez-vous, sur la foi de l'histoire troyenne,
Qu'Hécube ne mourut qu'après sa Polyxène?
Son moderne ennemi, plus complaisant bourreau,
Par une prompte mort terminant sa misère,
Vient d'unir pour toujours et la fille et la mère
      Dans le même tombeau.

LES ROCHERS.

Air : *Mon père était pot.*

En dépit de nos bons ayeux,
Que tel auteur se pique
De mêler à des chants joyeux
La froide politique :
Qu'un autre rimeur
Peigne, avec fadeur,
Son amoureuse chaîne :
D'un écart fougueux
Sur des *rocs* fameux
Mon Pégase m'entraîne.

La vengeance peut plaire aux dieux ;
Mais mon ame attristée
Me force à détourner les yeux
Du *roc de Prométhée.*
Que nombre de fous,
D'un vain nom jaloux,
Se disputent l'arène ;
Ce n'est pas mon goût ;
J'aperçois au bout
La *roche tarpéienne.*

Pour y nourrir de leurs tourmens
  La folle rêverie,
J'abandonne aux jeunes amans
  Les *rocs de Meillerie.*
   Je suis, mais des yeux,
   Cet autre amoureux,
  A cervelle malade,
   Qui, las de souffrir,
   Court, pour se guérir,
  Au *rocher de Leucade.*

Près d'un rocher dont les hauteurs
  S'élèvent dans la nue,
D'écrivains de toutes couleurs,
  Grand Dieu! quelle cohue!
   Plus d'un, sans façon,
   Y trace son nom
  Que le bon goût efface;
   Tel autre glissant;
   Tombe en gravissant
  Le *rocher du Parnasse.*

Ce rocher ne me tente pas;
  Et mon ame charmée
Ailleurs trouve d'autres appas
  Qu'une vaine fumée.
   L'heure du dîner
   Est près de sonner;
  Sans bruit et sans scandale,
   Ami du plaisir,
   Je cours m'établir
  Au *Rocher de Cancale.*
     THÉOPHILE H****.

POÉSIE PERSANE.

GAZEL*.

Répète, ô mon luth amoureux,
Chants de bonheur et chants d'ivresse.
J'ai revu ma jeune maîtresse,
Je suis aimé, je suis heureux.

Amis, dans ma coupe vermeille,
Versez les liquides trésors;
Amis, enchantez mon oreille
Par vos mélodieux accords.

De fleurs nouvellement écloses
Couronnez mon front radieux :
Que la douce vapeur des roses
Monte jusqu'au séjour des dieux.

J'ai retrouvé la bien-aimée
Au souris tendre, au doux regard,

---

* Les *Gazels* sont des espèces d'odes qui roulent le plus souvent sur l'amour et le vin ; celui-ci est imité du célèbre poète
Hafiz, que sa mollesse et son élégance ont fait surnommer l'Ana-
créon de la Perse.

Et sur sa bouche parfumée
J'ai goûté le plus pur nectar.

Idole que mon cœur adore,
O Zora! trésor de plaisirs,
L'amour te rend à mes désirs
Plus brillante et plus belle encore.

Zéphire vient plus mollement
Caresser d'une aile idolâtre
Les roses de ton front charmant,
Et les lis de ton sein d'albâtre.

De moi-même ô douce moitié!
Règne sur mon ame asservie :
A ton sort mon sort est lié,
Ta vie est désormais ma vie.

Pourquoi lancer dans l'avenir
L'espoir d'un bien imaginaire?
Toute la gloire de la terre
Vaut-elle un instant de plaisir?

Au sein d'une heureuse mollesse
Laissons en paix couler nos jours :
Le temps qu'on donne à la sagesse
Est un crime envers les amours.

A qui puis-je porter envie?
Zora, cet objet enchanté,
Est une fontaine de vie
Où je puise la volupté.

Sur moi la fortune ennemie
Peut appesantir son courroux :
Vains efforts ! j'oppose à ses coups
Un sourire de mon amie.

Répète, ô mon luth amoureux,
Chants de bonheur et chants d'ivresse :
J'ai revu ma jeune maîtresse,
Je suis aimé, je suis heureux.

A. BIGNAN.

— Nous regrettons de ne pouvoir insérer deux Odes pleines d'images et d'harmonie : l'une de M. Furey, sur *le rétablissement de la statue de Henri IV*; l'autre, de M. A. de Champcour, intitulée *le courage dans l'adversité.*

Dans la première, nous avons remarqué plus particulièrement les deux strophes suivantes :

Une paix tutélaire a remplacé l'orage ;
Les arts long-temps captifs, brisant leur esclavage,
    Ont reconquis leurs droits ;
Et leur flambeau vainqueur a, d'une nuit épaisse,
Retiré les chefs-d'œuvre élevés dans Lutèce
    Aux mânes de nos Rois.

Le trône, enorgueilli de l'éclat qui le couvre,
Ne redemande plus aux portiques du Louvre
    Son maître favori ;
Et la Seine, embrassant une image adorée,
Ne cherche plus en vain, sur sa rive éplorée,
    Les traits du bon Henri.

Dans l'Ode de M. de Champcour :

Sur moi la fortune ennemie
Va donc épuiser tous ses traits,
Et pour empoisonner ma vie
C'est peu des maux qu'elle m'a faits !
L'avenir n'offre à ma constance
Qu'un nouveau surcroît de souffrance,
Dont l'aspect afflige mon cœur ;
Et ce peu de jours qui me reste,
Déjà mon étoile funeste
L'a marqué du sceau du malheur.

O Destin, depuis mon enfance,
Me devais-tu tant de rigueurs ?
N'as-tu pas sur mon existence
Vidé la coupe des douleurs ?
Ma jeunesse, en proie aux alarmes,
Dans le tumulte affreux des armes,
S'est éteinte comme un flambeau :
Il ne reste dans ma vieillesse,
Qu'un seul espoir à ma faiblesse,
Et c'est l'asile du tombeau.

EPIGRAMME.

A l'Institut une place est vacante,
Pour l'occuper Azaïs se présente.
Ce Morellet dont nous citions
Les talens et le goût, la finesse et la grâce,
Etait homme d'esprit ; qu'Azaïs le remplace :
J'aime beaucoup les *compensations*.

Ire NOTICE.

CHARLEMAGNE, ou LA CAROLÉIDE, Poëme en vingt-quatre Chants, par M. le Vicomte d'Arlincourt (Victor), Maître des Requêtes.

Poëme impatiemment attendu et reçu avec une indifférence méritée. Peu d'intérêt, peu d'action, peu d'inventions épiques, peu de poésie. Héros qui ne fait et ne dit rien d'assez héroïque.

Ulnare, personnage romanesque, imitation pâle et décolorée de la Velleda des *Martyrs*.

Des rimes d'une irrégularité choquante, telles que *cœur* et *meurt*, *ennemi* et *lui*, etc., etc., etc.

Cet ouvrage aurait été jugé avec beaucoup moins de sévérité, si, malheureusement pour l'auteur, son poëme n'avait été annoncé comme infiniment supérieur à *la Henriade*.

LES TROIS MESSÉNIENNES, par M. Casimir de La Vigne. Chez Ladvocat, au Palais-Royal.

Des sentimens français exprimés avec énergie, de beaux vers, un vrai talent.

LES FLEURS, Poëme en quatre Chants, par C. L. Mollevaut. A Paris, chez Arthus-Bertrand, Libraire, rue Hautefeuille, N° 23.

Le 1er Chant renferme la description des fleurs; le 2e, leurs amours; le 3e, les phénomènes de leur végétation; le 4e, leurs harmonies avec l'homme.

Le charme d'un style élégant et harmonieux fera lire avec plaisir ce petit Poëme.

M. Chasselat, un de nos premiers dessinateurs de vignettes, et M. Bessa, l'ont embelli de toutes les grâces de leur talent.

BÉLISAIRE, Tragédie en cinq actes, reçue, étudiée et *non représentée* au Théâtre-Français, par M. E. Jouy.

Autant d'intérêt que le genre admiratif en comporte. Caractère de Bélisaire habilement tracé et parfaitement soutenu. Plusieurs scènes pleines de force et d'énergie, notamment la scène VI du IIe acte, où Bélisaire refuse d'accorder la main de sa fille à l'ennemi de son pays ; la dernière du IIIe acte, où il se trouve au milieu des Romains qui jurent tous de mourir ou de vaincre sous ses drapeaux ; et enfin la scène VIII du IVe acte, où il promet à Justinien, à l'auteur de tous ses maux, de combattre pour lui et de le venger.

Toutefois, il serait à désirer qu'il y eût plus d'action et de mouvement dans les deux premiers actes. L'exposition surtout ne paraît pas heureuse, et ne se fait que par l'organe des confidens.

Cette Tragédie, recommandable sous le rapport de la conduite, ne l'est pas moins sous celui du style. Elle soutient l'épreuve dangereuse de la lecture, et renferme les tirades les plus éloquentes. La versification est abondante et harmonieuse.

Bélisaire méritait sans doute un succès au théâtre ; mais l'auteur lui-même doit sentir tous les dangers qu'aurait entraînés la représentation de son ouvrage.

EPITRE à l'Académie Française, sur la proposition du rappel de M. Arnault, et autres poésies nouvelles ; par M. J. De la Montagne (de Bordeaux), ancien Commissaire de la Marine.

Ce petit recueil pourra se faire remarquer par de bonnes intentions et quelques vers heureux.

LE THÉATRE COMPLET de *Marie-Joseph de Ché-nier* vient de paraître. Il renferme, outre les pièces déjà connues, quatre inédites, *Tibère, OEdipe-Roi, OEdipe à Colonne, Nathan-le-Sage*, et des fragmens d'une comédie et d'une tragédie. Dans la deuxième notice, nous en parlerons avec plus de détail. Cet ouvrage, orné du portrait de l'auteur, se trouve chez Baudouin frères, imprimeurs-libraires, rue de Vaugirard, n° 36. Prix, 20 fr., et 25 fr. par la poste.

ALMANACH DES MUSES, pour 1819.

Ce n'est peut-être pas aux éditeurs des *Phases poétiques* à porter un jugement sur cet ouvrage, puisque l'on retrouve dans les *Phases* plusieurs des noms qui figurent dans l'*Almanach des Muses*. Aussi nous abstiendrons-nous de critiques ainsi que d'éloges. Nous regretterons seulement que ceux de nos poëtes qui occupent le fauteuil académique ne daignent pas enrichir de leurs vers aucun de ces deux recueils.

On publie depuis quelque temps, à Bruxelles, chez Weissembruch, imprimeur du Roi, un journal littéraire intitulé *le Mercure Belge*. Ce recueil se distingue par un heureux choix de pièces de vers et par une saine critique ; c'est un second *Mercure de France* : nous nous faisons un plaisir de le recommander à tous les amateurs des lettres et de la poésie.

Le *Mercure Belge* paraît toutes les semaines. Le prix de l'abonnement est de 14 fr. pour trois mois, 27 fr. pour six mois, et 50 fr. pour l'année.

On s'abonne à Paris, chez Baudouin frères, imprimeurs-libraires, rue de Vaugirard, n° 36.

OPHÉLIA.

ÉLÉGIE.

L'airain fatal du deuil a fait gémir ses sons ;
Le murmure des vents se tait dans les vallons.
De l'ermite égaré recueillant la prière,
Sur ses gonds va tourner la porte hospitalière ;
Et du soleil mourant les dernières clartés
Au loin tremblent encor dans les flots agités.
O douce paix du soir ! calme profond, immense !
Hélas ! pourquoi faut-il que troublant ton silence
Et seule prolongeant ses lugubres concerts,
La cloche de la mort se plaigne dans les airs ?
Qui donc va demander le repos à la tombe ?
Serait-ce au poids des ans le vieillard qui succombe ?
Est-ce une mère enfin qui s'endort sans retour
Et laisse heureux les fils d'un tendre et long amour ?
Ophélia, c'est toi, toi que brise l'orage,
Que la vague en fureur jette sur le rivage,
Lorsqu'à peine tes yeux avaient vu seize étés
Et que de ton hymen deux mois étaient comptés !
  Sur la terre, d'un Dieu rapide messagère,
Comme l'oiseau des champs la vie est passagère.

Si pour l'homme tout meurt, tout jusqu'au souvenir,
La mort est une porte ouverte à l'avenir ;
Et, par elle arrivée aux célestes demeures,
Où l'immobile temps oublie enfin les heures,
L'ame jouit d'un sort qui n'est plus limité
Et passe de la vie à l'immortalité.
Mais qu'il est douloureux d'entrer dans la carrière
Et soudain d'y jeter un regard en arrière !
Ophélia, pour toi brillaient des jours si beaux !
L'horizon s'est voilé, tout parle de tombeaux,
Tout déplore avec moi ta destinée amère
Et tout redit : Tu meurs, tu meurs sans être mère.

Aux rives d'Albion, fière de son trident,
Où se brisent les flots de l'abîme grondant,
S'élève un vieux palais, demeure magnifique,
Illustré des vertus d'une famille antique.
De ce chêne, ébranlé par les vents et les eaux,
L'Irlande, avec douleur, vit mourir les rameaux.
Dernier espoir d'un père, un seul encor lui reste,
La tendre Ophélia, dont la beauté céleste
Inspirait le respect et commandait l'amour.
Parmi les fils des preux sa main choisit Selmour,
Et, dans son jeune sein, l'épouse fortunée
A senti tressaillir le fruit de l'hyménée.
Mais le bonheur finit : pour ce cœur trop aimant
Lorsqu'une courte absence est un cruel tourment ,
L'ordre du prince appelle et Selmour et son père ;
Ils laissent une fille , une amante si chère ,
Et parlent du retour à l'heure du départ.
Ophélia les suit d'un triste et long regard,
Pleurant sa solitude et ce fatal voyage,
Qui de ses jours sereins fut le premier nuage.

Malheureuse ! bientôt étrangère aux douleurs,
Ce ne sera pas toi qui verseras des pleurs.

   Un jour tout était calme, et de la mer paisible
Expirait sur le sable une vague insensible ;
Dans la verte forêt Zéphire frémissait,
Des doux chants des oiseaux le concert finissait,
Et, dans la paix de l'air, des flots et de la plage,
Tout invitait la nef à quitter le rivage.
D'un père et d'un époux attendant le retour,
La douce Ophélia vit s'écouler le jour.
« Demain je les verrai, demain, se disait-elle. »
Et, pour charmer l'ennui de l'absence mortelle,
Elle veut, loin des lieux qu'elle ne doit plus voir,
Respirer sur les eaux la fraîcheur d'un beau soir.
On part : mais tout-à-coup un vent fougueux s'élève
Et le rapide esquif, que l'Océan soulève,
Fuit ; en vain le nocher voulait dissimuler
Le péril qu'elle court, et ne peut reculer.
Ophélia sentait, sur la vague ennemie,
Que des liens trop chers l'attachaient à la vie.

   On voit un point obscur sur l'horizon lointain.
L'onde croît ; un bruit sourd murmure dans son sein ;
Et l'alcyon, des mers effleurant la surface,
Des torrens d'Orion redoute la menace.
Un nuage aux flancs noirs court, s'agrandit ; l'éclair
Sillonne en serpentant tout l'empire de l'air.
Un lugubre tonnerre éclate et roule et gronde.
Partout s'étend la nuit ténébreuse, profonde,
Immense ; avec fracas l'Océan furieux
De ses flots révoltés battant au loin les cieux,
Monte, écume, se brise, en bouillonnant retombe,
Et sous la faible nef s'ouvre une vaste tombe.

5.

Tout disparaît ! Grand Dieu ! pour ravir aux humains
Cette innocente fleur qui sortait de vos mains,
Luttent les vents fougueux et s'allume la foudre.
Ah ! si ses jeunes ans ne devaient point l'absoudre,
Si les anges sitôt pouvaient la réclamer,
Du choc des élémens fallait-il vous armer ?
Dans le riant bocage, aux doux rayons éclose,
Un souffle, hélas ! suffit pour détruire une rose.

Mais l'airain recommence et le cercueil paraît.
Grâces, beauté, vertus, voilà donc votre arrêt !
Profond accablement, religieux silence,
Oh ! comme parle au cœur votre haute éloquence !
Voix des tombeaux, j'entends tes ordres souverains,
Et la mort est le prix des larmes des humains.

Du temple cependant s'ouvre l'auguste entrée.
Le ministre du Christ chante l'hymne sacrée ;
Et, lorsqu'un peu de terre a couvert pour toujours
Ce front digne du trône et si cher aux amours,
Sous les pas des coursiers a retenti la plaine ;
Deux voyageurs bientôt arrivent hors d'haleine.
Un cri, parmi les pleurs, les a frappés soudain :
« Arrêtez un moment ; vous la cherchez en vain.
» A nos vœux, pour un jour, elle fut accordée ;
» Sa demeure est aux cieux qui l'ont redemandée. »

TERRASSON.

LE

SACRIFICE D'ABRAHAM.

Aux champs heureux d'Hébron, asile des vertus,
La droite du Très-Haut, le chef de ses élus,
Abraham, dans le sein d'une longue vieillesse,
Entouré de respects, d'honneurs et de tendresse,
Vivait cher aux mortels et béni du Seigneur.
Pour lui les jours coulaient aussi purs que son cœur.
Cultiver de ses mains la terre bienfaitrice,
Chanter du roi des rois l'éternelle justice,
Comme un présent des cieux recevoir l'étranger,
Secourir son malheur, souvent le partager,
Tels étaient ses plaisirs. Sa compagne fidèle,
Sara, de la vertu noble et touchant modèle,
De ces pieux emplois réclamait la moitié.
L'un à l'autre enchaînés des nœuds de l'amitié,
L'âge encore ajoutait à cette pure flamme;
Dans les mêmes pensers ils confondaient leur ame,
Et de leurs cœurs unis cet accord enchanteur
Adoucissait leurs maux et doublait leur bonheur.
Dès long-temps, toutefois, une funeste image
Sur leur félicité répandait un nuage.

« Hélas ! se disaient-ils, nos voisins trop heureux
» De leur fertile couche ont des gages nombreux :
» Tous portent les doux noms et de père et de mère ;
» La main, la main d'un fils fermera leur paupière.
» Mais nous, sommes-nous donc les seuls infortunés ?
» A mourir sans enfans nous as-tu condamnés ?
» Grand Dieu ! si jusque-là ta rigueur nous châtie,
» Devais-tu nous laisser une si longue vie ? »
    Vaincu par tant de vœux Dieu les exauce enfin,
Et d'un gage tardif honore leur hymen.
Quel bonheur pour Sara, quel orgueil d'être mère !
Que de pleurs sont vengés ! La superbe étrangère
Loin des plaines d'Hébron s'enfuit en gémissant,
Et délivre ses yeux d'un aspect offensant.
Abraham, sur le fils soutien de sa vieillesse,
Rassemble tous ses soins et toute sa tendresse ;
Plein d'un zèle pieux, il jette dans son cœur
Des germes de vertu, des germes de bonheur.
Comme un cèdre qu'en vain assiége la tempête,
Aux sommets du Carmel levant sa jeune tête,
Brave de l'aquilon les efforts menaçans
Et montre l'arbre roi dans ses rameaux naissans :
Tel, révélant déjà ses grandes destinées
Et croissant en vertu comme il croît en années,
Isaac de son père est l'espoir et l'orgueil.
Faut-il que ce bonheur, hélas ! se change en deuil ?
De la foi d'Abraham Dieu reçut mille preuves ;
Mais il lui garde encor de plus fortes épreuves,
Et les temps sont venus où sa sévérité
Redemande ce fils, présent de sa bonté.
    « Abraham ! Abraham ! viens, c'est moi qui t'appelle,
» Lui dit-il : si ton ame, à mes ordres fidèle,

» Par sa soumission justifia mon choix,
» Si toujours de ton Dieu tu respectas la voix,
» Exécute en ce jour mon infaillible oracle :
» Ce fruit de tes vieux ans, cet enfant de miracle,
» Cet Isaac, objet de tes saintes amours,
» Sous un bras innocent verra trancher ses jours,
» Et ce bras, c'est le tien. Oui, qu'Isaac périsse !
» Qu'au faîte du Tabor, témoin de son supplice,
« Ta main frappe ton fils, et frappe sans regret ;
» Même en le haïssant, respecte mon arrêt. »
    Tel est l'ordre des cieux. En vain de la nature
Dans le sein paternel s'élève le murmure ;
En vain elle gémit d'un sévère décret :
A la voix du Très-Haut la voix du sang se tait.
Mais ce fils.... pourra-t-il l'arracher à sa mère ?
Il feint qu'il doit partir pour la terre étrangère,
Parle d'un long voyage, et, trompant son amour,
D'Isaac, en tremblant, lui promet le retour.
Il ordonne, et déjà deux fidèles ministres
Du terrible départ font les apprêts sinistres.
Rassemblés par leurs soins, les dociles chameaux
Portent les feux sacrés, le glaive, les flambeaux :
Tout est prêt. En voyant une mère en alarmes
Couvrir un fils chéri de baisers et de larmes,
Abraham sent des pleurs s'échapper de ses yeux.
Sa prudence s'arrache à ces cruels adieux ;
Il part. Trois fois le jour dissipe la nuit sombre
Et trois fois sur le jour la nuit étend son ombre,
Avant qu'à ses regards ait paru le Tabor.
Il pleure à son aspect, s'arrête et pleure encor.
Cependant, il gravit les flancs de la montagne ;
Objet de ses tourmens, son fils seul l'accompagne.

Confiant, il s'avance et ne se doute pas,
Hélas! que ce chemin le conduit au trépas,
Ni qu'en portant le bois et le glaive complice,
Il porte l'instrument de son propre supplice.
Triste et silencieux, Abraham le premier
A bientôt du Tabor touché le front altier.
Un bûcher, par ses soins, au même instant s'élève;
Auprès est un autel, sur cet autel un glaive;
Il le saisit et jette un regard vers les cieux.
« Ah! pourquoi la douleur que je lis dans vos yeux?
» Lui demande Isaac; tout m'afflige et m'étonne;
» Eclaircissez le doute où mon cœur s'abandonne.
» Parlez; sur cet autel qui doit-on immoler?
» — Apprends donc un secret terrible à révéler :
» La victime c'est toi, le meurtrier ton père;
» Tel est l'ordre suprême, inflexible, sévère,
» Du Dieu dispensateur et de vie et de mort.
» Ne me crois pas pourtant insensible à ton sort;
» Hélas! plus que mon fils je m'immole moi-même
» Et je perdrai le jour, perdant tout ce que j'aime.
» Mais Dieu parle, il suffit; et mon cœur résigné
» Remplira son arrêt sans en être indigné.
» Imite-moi, fléchis sous sa volonté sainte;
» Tu vécus vertueux, tu dois mourir sans crainte.
» Pour le juste la mort est le terme des maux :
» Oui, tu vas dans les cieux, asile du repos,
» Recouvrer la lumière aussitôt que ravie,
» Et tu meurs pour renaître à l'éternelle vie. »
    Il dit, les feux sacrés et le glaive sont prêts.
Isaac du Seigneur adore les décrets;
Et, soumis aux tourmens dont il sera la proie,
Bénit sa mort prochaine et l'accepte avec joie.

Abraham, dans ce fils si cher et si cruel,
Va donc sacrifier tout l'espoir d'Israël.
Gémissant d'immoler cette sanglante offrande,
Mais fier de rendre à Dieu ce que Dieu redemande;
Père d'un fils chéri, mais enfant du Seigneur,
Et pleurant à la fois de joie et de douleur,
Il acquitte, en montrant ce courage suprême,
Ce qu'il doit au Très-Haut, à son fils, à lui-même.
Il va frapper.... mais Dieu, des célestes parvis,
Satisfait tout ensemble et du père et du fils :
« Va, dit-il à Saël, messager de justice,
» Va, suspends d'Abraham le cruel sacrifice;
» Il sut le commencer, qu'il ne l'achève pas. »
    L'ange part, vole, arrive, et retenant son bras :
« Arrête! Dieu l'ordonne; arrête! sa clémence
» Te défend de verser le sang de l'innocence.
» Ton fils allait périr sous ta docile main;
» Ton fils vivra pour toi. » L'ange parle, et soudain
D'un nuage enflammé le Tabor se couronne,
L'éclair brille, pâlit, et du céleste trône
S'échappe dans les airs cette éclatante voix :
« Digne fils d'Abraham! digne enfant de mon choix!
» Dieu ne veut pas ta mort, ta mort serait un crime.
» Vis, pieux Isaac! ton dévoûment sublime
» D'une auguste alliance est le gage aujourd'hui.
» Tu me donnais ton sang, je te dois mon appui.
» Oui, ta race est la mienne : un jour sortira d'elle
» De peuples et de rois une suite immortelle.
» Leur nombre égalera, dans ce vaste Univers,
» Et les astres des cieux et les sables des mers.
» T'apprendrai-je la gloire à ta race promise?
» Dirai-je les Hébreux, par la main de Moïse,

» Libres enfin du joug sur eux appesanti,
» Dans le gouffre des mers Pharaon englouti,
» Du flot respectueux la fureur suspendue,
» Et des cieux entr'ouverts la manne descendue?
» Dirai-je l'arche sainte, au milieu du Jourdain,
» Se frayant tout-à-coup un céleste chemin,
» Les remparts des cités aux faux dieux consacrées
» S'écroulant au seul bruit des trompettes sacrées ;
» A la voix de Samson le Philistin tombant,
» Sous des torrens de feu Gabaa succombant,
» Le soleil qui suspend sa course accoutumée,
» Et des muets tombeaux la poudre ranimée?
» Oui, déjà dans les airs d'un temple fastueux
» S'élance en mon honneur le front majestueux ;
» Elie est emporté dans un char de lumière ;
» Je commande et soudain, sur une armée entière,
» L'ange exterminateur appesantit son bras.
» Vois combattre, mourir et triompher Judas ;
» Vois enfin l'homme-dieu, sur une croix sanglante,
» Terminer en coupable une vie innocente,
» Et, lavant par sa mort les crimes des humains,
» Du ciel long-temps fermé leur rouvrir les chemins. »
  La voix avait cessé ; de ses rapides ailes
L'ange monte au séjour des clartés immortelles.
Muets d'étonnement, de joie et de respect,
Abraham et son fils tremblent à cet aspect :
Leurs regards attendris de mille pleurs se mouillent ;
Devant le roi des cieux tous deux ils s'agenouillent,
Et tous deux, bénissant la main qui les sauva,
Ont revu leur patrie et consolé Sara.

                              A. BIGNAN.

REMONTRANCES DE LA PHILOSOPHIE

AUX

MISSIONNAIRES QUI PARCOURENT LA FRANCE,

PENDANT

Leur séjour dans un des départemens de l'Ouest.

O soutiens de l'école antiphilosophique,
Vénérables pasteurs, famille apostolique,
Dont les discours profonds et les chants immortels
Honorent tour-à-tour la chaire et les autels,
Je viens à vos genoux, humblement prosternée,
Vous demander pourquoi vous m'avez condamnée ;
Interjeter appel de l'arrêt flétrissant
Qui frappe l'autre siècle et le siècle naissant,
Et, du saint tribunal où j'ose comparaître,
Réclamer l'indulgence en me faisant connaître.

Vous ne m'entendrez point, en ma simplicité,
Citer avec orgueil ma haute antiquité;
Je méprise les dons de l'aveugle fortune.
Un grand nom fut souvent une charge importune;
Et le chef d'une race à quatre-vingts quartiers
Peut laisser après lui d'ignobles héritiers.
Sans trop de vanité, sans trop de modestie,
Je fais valoir les droits dont je fus investie:
Je ne puis oublier que j'ai dicté des lois,
Que j'ai ceint la tiare et le bandeau des rois;
Qu'aux aveugles humains, également propice,
J'ai tendu mille fois une main protectrice;
Et qu'en me dévouant au bonheur des États,
Sur douze mille heureux j'ai fait dix mille ingrats.
Ils m'ont cruellement proscrite, abandonnée.
Telle est des bienfaiteurs la triste destinée;
Mais j'ai su dévorer ma honte et mes ennuis,
Et je vais, sans détour, déclarer qui je suis.

J'eus pour père l'*Esprit*, la *Raison* fut ma mère;
Mais mon père entretint un commerce adultère
Avec la Raillerie et la Malignité,
L'Impiété parjure et la Perversité.
De ces coupables feux, honte de sa famille,
Au bout de quelque temps il naquit une fille,
Une seule, mais vive et brillante d'attraits,
Qui d'un père infidèle accusait tous les traits,
Et, moins belle que moi, mais beaucoup plus jolie,
Se fit, ainsi que moi, nommer *Philosophie*.

Ma mère supportait avec docilité
Un affront si sanglant et si peu mérité,

Et pleurait en secret, mais sans oser se plaindre :
Quand il est corrompu l'*Esprit* est trop à craindre.
Ce despote ombrageux, dans sa propre maison,
A ses caprices vains asservit la *Raison.*
Bientôt le changement vint offrir son amorce,
Et mes nobles parens firent enfin divorce.
J'héritai cependant de leur affection ;
J'osai leur demander leur bénédiction :
Je l'obtins ; je quittai la maison paternelle,
Emportant dans mon cœur ma douleur éternelle,
Gémissant en secret de leurs honteux travers,
Et, pour me consoler, je courus l'Univers.

Je dirigeai mes pas vers le berceau du monde.
Des peuples primitifs l'ignorance profonde,
La superstition et la crédulité,
Conduisaient leur enfance à la caducité.
Sur leur sombre horizon je parus comme un astre ;
J'éblouis Confutzée et le grand Zoroastre.
Ils m'aimèrent ; leurs vœux flattèrent mon orgueil :
Mais, sans les dédaigner et sans leur faire accueil,
Je leur dis quelques mots dictés par la sagesse,
Et je partis soudain pour visiter la Grèce.

Mes parens, réunis dans cet heureux canton,
M'attendaient chez Socrate et le divin Platon.
Tous les cœurs à ma voix se rendirent sans peine.
Je fondai sur le roc cette école d'Athène,
Monument éternel du génie et des arts,
Et je vins en triomphe au palais des Césars.

Les jours que j'y passai furent des jours de fête :
Je courais, je volais de conquête en conquête,

Et le siècle d'Auguste, en grands hommes fécond,
Me donna pour amans Horace et Cicéron.

De Rome je passai dans la Gaule celtique ;
Elle avait abjuré sa barbarie antique.
Du sein de ses forêts, aux vents tumultueux
La France présentait son front majestueux ;
Et ses peuples guerriers, enfans de la victoire,
Avaient pris pour devise : *Honneur, Patrie et Gloire.*
Que j'aime cet élan ! La gloire a des attraits
Pour les cœurs généreux, pour le cœur d'un Français :
Elle fait les héros, les destins d'un empire,
Enflamme le génie, exalte son délire,
Et, malgré les efforts de la stupidité,
Entraîne tout un siècle à l'immortalité.
Oui, j'aimai du Français la vigueur énergique ;
Je crus être un moment sur ma terre classique ;
Je crus.... Mais, en sondant les replis de son cœur,
Je vis que l'infidèle aimait aussi ma sœur.

Mais des temples sacrés les voûtes retentissent :
Courons... Qu'ai-je entendu ? Que les sages frémissent !...
O siècle ténébreux ! ô délire insensé !
Mes autels sont détruits, mon culte est renversé !....
Au milieu des Français l'horrible fanatisme
Provoque contre moi les lois de l'ostracisme,
M'arrache, sans griefs, de ma propre maison,
Et foule aux pieds mes droits d'enfant de la *Raison !*
Arrêtez.... Ah, cruels ! sous des crêpes funèbres
Ma mère descendra dans vos lieux de ténèbres,
Appellera sa fille, et ses cris superflus
Rempliront des déserts où je ne serai plus.....

Que me reprochez-vous? Ai-je de ma rivale
Enhardi les excès, propagé le scandale?
J'ai soutenu le faible, encouragé le fort,
Et tracé le chemin de la vie à la mort.
Je n'ai point, il est vrai, près d'un *baquet* mystique,
Evoqué du sommeil l'extase magnétique ;
Sans oser contempler la haute région
Qu'habitent le mystère et la religion,
De la Divinité j'ai chanté les louanges,
De ma lyre timide accompagné les anges,
Et, dans mes humbles chants, en cent climats divers,
Célébré la grandeur du Dieu de l'Univers.

Voilà tous mes forfaits, ou plutôt tous mes titres
A l'estime, aux égards de mes pieux arbitres.
Ainsi que les torrens les siècles ont leur cours ;
Ne les forcez donc point de marcher à rebours ;
On n'a point encor vu de semblables miracles.
A leurs débordemens opposez des obstacles ;
Captivez dans leur lit les vagues en fureur ;
Protégez, par vos soins, le champ du laboureur.
A l'innocente erreur n'ôtez pas l'espérance,
Craignez de l'effrayer par trop d'intolérance.
Laissez-nous admirer ces hommes immortels
A qui l'enthousiasme érigea des autels.
Si Voltaire et Rousseau font gronder votre foudre,
Ah ! ne réduisez pas tant de chefs-d'œuvre en poudre :
Qu'Alzire et Mahomet, interdits et troublés,
Ne tombent pas encore sous vos coups redoublés.
Regardez en pitié, blâmez comme folie
L'encens que nous brûlons à l'auteur d'Athalie;
Mais souvenez-vous bien que le génie en pleurs
A ces géans en vain cherche des successeurs.

J'ai dit. Absolvez-moi, tribunal redoutable.
Le jugement de l'homme est-il irréfragable?
De vos conclusions les préjugés bannis,
Votre arrêt fait époque, et vous serez bénis.

L. B.

FABLE.

L'HUITRE.

On voit des mers du nord accourir tous les ans
De nomades poissons les hordes innombrables,
    Pour faire l'ornement des tables
    De nos Sybarites gourmands.
        Les insensés qu'importune
        L'obscurité de leur sort,
    Pensent courir à la fortune,
    Quand ils ne courent qu'à la mort.

Une huître, par l'un d'eux, fut un jour invitée
A suivre leur exemple en s'éloignant du roc
Où, depuis sa naissance, elle bravait le choc
    De la mer en vain irritée.
« Moi! dit-elle, j'irais m'exposer follement
        » A la merci d'un élément
        » Dont je sais la fureur cruelle?

» De tous ces émigrans hardis et curieux ;
» En voyons-nous un seul revenir en ces lieux
    » Des autres nous donner nouvelle ?
    » On m'a dit que notre trépas
    » Partout est juré par les hommes ;
    » Ne vaut-il pas mieux, dans ce cas,
» Sans nul souci l'attendre à l'endroit où nous sommes,
» Que d'aller le chercher dans de lointains climats ?
    » Mais vainement je m'égosille
    » Afin de vous tirer d'erreur ;
» Courez donc où l'espoir vous promet le bonheur,
    » Moi je reste dans ma coquille. »

Le Marquis de VALADOUS.

L'ACCORDÉE DE VILLAGE.

IDYLLE.

La nuit fuyait, et la naissante aurore
Dorait les champs des premiers feux du jour.
Dans le hameau tout était calme encore,
Tout reposait, tout, excepté l'amour.

Lise, rêvant sa fête nuptiale,
Lise, agitée au milieu du repos,

6

A peine a vu de l'aube matinale
Un doux rayon pénétrer ses rideaux
Et caresser sa couche virginale,
Pleine de joie et lasse du sommeil,
Envers ce jour Lise reconnaissante,
Sent le besoin, dans son ame innocente,
De saluer le lever du soleil.

Loin du hameau, pensive elle promène
Son amour pur et ses désirs naissans.
Des vents légers la caressante haleine
Dans la campagne agite en tous les sens
Les flots dorés de la moisson prochaine.
Tout est pour elle un spectacle enchanteur ;
Et du matin la fraîcheur ravissante
Ouvre son ame à l'espoir du bonheur,
De ce bonheur promis à son attente.

Elle s'arrête à ce champ fortuné
Que si long-temps a cultivé son père,
Et qui bientôt doit être sillonné
Par le travail d'une autre main bien chère.
Puis s'éloignant, après un long soupir,
Sous un bosquet tranquille et solitaire
Elle s'assied ; et, d'une voix légère,
Laisse échapper ces accens de plaisir :

« Ils vont changer les jours de ma jeunesse ;
Un autre toît verra couler mes ans ;
Ils vont changer ces soins que ma tendresse,
Que mon respect devaient à mes parens ;
Je vais quitter ces parens que j'adore,
Pour un ami qui fera mon bonheur ;

Tout va changer, tout, mais non pas mon cœur :
Mon cœur aimait, il aime plus encore. »

A peine Lise avait fini ses chants,
Que, repoussant le mobile feuillage,
Un inconnu, charmé de ses accens,
A pénétré soudain dans le bocage.

C'était celui dont les charmans tableaux
Ornent partout la demeure du sage,
Dont la nature a guidé les pinceaux,
Que l'art nomma l'*Albane du village* ;
C'était celui qui, dans son moindre ouvrage,
Donne aux vertus un charme séducteur,
Sait plaire aux yeux et sait parler au cœur ;
Peintre fameux dont l'ame généreuse
Ennoblissait encore un beau talent,
Homme d'esprit, homme en tout excellent,
Français aimable, en un mot, c'était Greuze.

Lise veut fuir et gagner le hameau :
« Restez, dit-il, vous me faites injure.
Je viens aux champs admirer la nature,
Ne m'ôtez point ce qu'elle a de plus beau.

LISE.

Aurais-je cru, sous ce bosquet tranquille,
Lorsque l'aurore a de l'astre du jour
Encore à peine annoncé le retour,
Déjà trouver un monsieur de la ville ?....

GREUZE.

Ne craignez rien, je suis l'ami des champs ;
Je donne tout, mon enfant, au village,

6.

Mes vœux, mon cœur, mon travail et mon temps.
Ici, déjà, je suis à mon ouvrage.

LISE.

Vous m'étonnez ! ce costume élégant
Dément un peu, Monsieur, votre langage.

GREUZE.

Je suis connu dans ces lieux, cependant ;
Je dirai plus : je crois qu'ici l'on m'aime ;
Peut-être aussi que vous m'aimez vous-même.

LISE, *rougissant.*

Moi, vous aimer !.... Je n'ai qu'un seul ami
Qu'en ce beau jour va me donner mon père,
Et que mon cœur d'avance avait choisi.

GREUZE.

Avez-vous vu quelquefois cette mère
Qu'avec transport assiégent six enfans,
Qui de leurs jeux, de leur amour charmée,
Se livre entière à leurs embrassemens ?
Avez-vous vu *la Mère bien aimée ?*

LISE.

Oui, très-souvent ; c'est un tableau parfait ;
C'est une mère !.... Ah ! c'est bien la nature !....
Mon œil sait peu juger de la peinture ;
Mais je suis fille, et mon cœur s'y connaît.

GREUZE.

J'en suis charmé. C'est le plus beau suffrage,
C'est le plus vrai. Si vous aimez l'ouvrage,

Peut-être aussi vous aimerez l'auteur....
C'est moi....

LISE.

C'est vous !.. Vous êtes monsieur Greuze !
Ah ! de vous voir que je me trouve heureuse !
Vous , notre ami, vous, ce peintre enchanteur ,
Qui retracez nos scènes de campagne !....

GREUZE.

Permettez donc que je vous accompagne ;
Permettez-moi de voir votre bonheur....

LISE.

Venir nous voir ! c'est trop nous faire honneur.
Ce n'est, chez nous, que la vertu qui brille :
Mais , je le sais , vous avez un bon cœur ;
Vous serez donc aussi de la famille.

GREUZE.

Point de retard ; volons à ce séjour
Où vous attend le bonheur et l'amour. »

Ils avaient dit ; Lise, avec innocence,
Au bras de Greuze a réuni son bras ,
Et de son cœur la tendre impatience
Vers le hameau précipite ses pas.

En revoyant cet amant qu'elle adore ,
Des pleurs de joie ont coulé de ses yeux ;
Et , recevant ses baisers vertueux ,
Epouse vierge elle est plus belle encore.

Heureux témoin le grand peintre est ému;
Etudiant les vertus du village,
Des bons parens il évite l'hommage,
Et, pour mieux voir, voudrait n'être pas vu.

Au jeune époux Lise toute tremblante
Languissamment abandonne sa main.
Sur son corset la rose du matin
Se mêle aux lis de sa gorge naissante.
Elle rougit, elle baisse les yeux,
Douce pudeur tourmente sa pensée;
En cet instant son cœur est trop heureux,
Et du bonheur elle est embarrassée;
Grâce naïve embellit sa beauté;
De mille attraits quel divin assemblage!
Quels désirs purs! quelle virginité!
On aime à voir, sur ce charmant visage,
A la vertu cet air de volupté.
Sa jeune sœur, à peu près du même âge,
Sur son épaule appuyée en pleurant,
L'air attendri, lui parle, et soupirant,
Elle se plaint d'en être abandonnée:
Mais je ne sais quelles tendres langueurs
Semblent trahir le secret de ses pleurs.
En contemplant cette sœur fortunée,
Elle a désir d'un semblable bonheur;
D'un amour vague a tressailli son cœur.
Qui n'a connu cette flamme secrète
Qu'avant l'amour, l'amour vient allumer?
Est-ce à quinze ans qu'une jeune fillette
Voit deux amans, sans le désir d'aimer?
Fière de voir s'augmenter sa famille,

La bonne mère, au comble de ses vœux,
Dit à son gendre en lui montrant sa fille :
Je te promets que tu seras heureux.

Tandis qu'on lit l'acte de l'hyménée,
Garant sacré du bonheur de l'amour,
Un bon vieillard, plus jeune en ce beau jour,
Les yeux en pleurs, bénit sa destinée,
Demande au ciel des jours longs et sereins
Pour ses enfans, et remet en leurs mains
Ce trésor pur dont sa vertu s'honore,
Qu'ont amassé cinquante ans de travaux
Et qui, transmis à ces époux nouveaux,
Par le travail doit s'augmenter encore.

C'en est assez pour l'œil observateur
Du peintre heureux qui voit tout en silence.
Il fuit ces lieux, et son impatience
Saisit déjà le pinceau créateur.
Déjà Lisette est peinte en sa pensée ;
De son tableau l'ordonnance est fixée,
Et le génie, il le trouve en son cœur.

Bientôt naquit un immortel ouvrage ;
Et le dessin de ce charmant tableau
Devint, un jour, l'ornement le plus beau
Dont s'enrichit notre jeune ménage.
En le montrant à son époux charmé,
Toujours heureux d'aimer et d'être aimé,
Lise, toujours aussi belle que sage,
Lui redisoit : « Regarde encor ce jour
Qui pour nous deux eut jadis tant de charmes. »

Doux souvenir faisait couler leurs larmes,
Et cette vue augmentait leur amour.

CHARLES RAISON.

HERMINIE

CHEZ LES BERGERS.

FRAGMENT

De la nouvelle Traduction de la *Jérusalem délivrée*,
CHANT VII.

Par l'agile coursier Herminie emportée
D'une antique forêt suit la route écartée.
Hors d'haleine, éperdue, et la mort dans le sein,
Les rênes échappaient à sa tremblante main.
Sous l'ombrage profond, égaré dans sa fuite,
Le fougueux animal bondit, se précipite,
Et par d'obscurs sentiers ouverts de toutes parts,
Dans l'épaisseur des bois la dérobe aux regards.
  Telle au déclin du jour retourne haletante
La meute qui long-temps dans les plaines errante

Perd la trace du cerf près d'être enveloppé,
Vers un sombre taillis tout-à-coup échappé ;
Tels les Chrétiens confus de honte et de colère,
Reviennent : cependant, sans porter en arrière ,
Timide , épouvantée, un regard incertain,
Herminie en fuyant s'abandonne au destin.

Déjà la nuit s'écoule et fait place à l'aurore,
Et quand le jour s'éteint, elle fuyait encore,
Sans guide, sans conseil, seule avec ses douleurs,
N'entendant que ses cris, ne voyant que ses pleurs,
A l'heure où le soleil, las d'éclairer le monde,
Détélant ses coursiers se plonge au sein de l'onde.
Sur ses tranquilles bords, l'invitant au repos,
Le Jourdain déroulait le cristal de ses flots ;
Et là, se repaissant de soupirs et d'alarmes,
L'infortunée, hélas! n'a soif que de ses larmes.
Le doux sommeil qui verse aux malheureux humains
Le calme salutaire et l'oubli des chagrins,
Paisible, et déployant ses bienfaisantes ailes,
Assoupit et ses sens et ses peines cruelles ;
Mais de l'objet aimé reproduisant les traits,
Sans cesse de son cœur l'amour trouble la paix.

L'oiseau, de ses accords a salué l'aurore ;
Zéphire, balançant les roses près d'éclore,
Murmure avec le fleuve , et sous les frais berceaux
Caresse mollement la verdure et les eaux.
Elle s'éveille ; ouvrant sa paupière débile,
Elle voit des bergers le solitaire asile ,
Et parmi l'onde errante et les arbres en fleurs,
Croit entendre une voix qui la rappelle aux pleurs.
Elle pleure, exhalant sa plainte fugitive ;
Mais un bruit l'interrompt : elle écoute, attentive

Dans ce calme des bois les rustiques chansons
De la flûte champêtre accompagnaient les sons.
Faible, elle s'avançait d'un pas lent et pénible.
Auprès de son troupeau, tressant l'osier flexible,
Un vieillard, qui s'assied à l'ombre des vergers,
Prête l'oreille aux chants de trois jeunes bergers.
A l'aspect inconnu des homicides armes,
Ils tremblent ; mais d'un geste écartant leurs alarmes,
Herminie à l'instant découvre ses beaux yeux,
Et du casque échappés tombent ses blonds cheveux :
    « Salut, heureux bergers ; continuez, dit-elle,
A mériter des cieux la faveur paternelle :
Je ne viens point troubler, dans ces fertiles champs,
Ni vos travaux si doux, ni la paix de vos chants.
Mais, ô vieillard, tandis qu'en vos climats errante,
S'allume des combats la flamme dévorante,
Comment, sans redouter sa sanglante lueur,
Goûtez-vous de ces lieux le tranquille bonheur ?
    —Mes enfans, mes troupeaux, sous ce riant ombrage,
Jusqu'ici des destins ont ignoré l'outrage.
O mon fils ! répond-il, sur ce bord écarté
Les tempêtes de Mars jamais n'ont éclaté.
Soit que, par un bienfait de sa toute-puissance,
Le Ciel d'humbles pasteurs protège l'innocence,
Soit que la foudre en feu sur la cime des monts
Tombe, épargnant le sein des paisibles vallons,
Du fer de l'étranger la fureur meurtrière
Des redoutables rois brise la tête altière ;
Et vouée aux dédains l'obscure pauvreté
Ne peut du fier soldat tenter l'avidité.
Pauvreté méprisée, et de mon cœur chérie !
L'avare ambition ne peut rien sur ma vie ;

Je ne demande pas un sceptre, des trésors,
Et mes tranquilles jours s'écoulent sans remords.
Pour apaiser ma soif jaillit l'onde limpide
Que n'empoisonne point un mélange perfide,
Et je puis savourer, dans mes sobres festins,
Le lait de mes brebis, les fruits de mes jardins.
Mes besoins sont bornés, mes désirs doivent l'être.
Mes enfans près de moi, dans leur labeur champêtre,
Veillent sur mes troupeaux confiés à leurs soins ;
Mon bonheur n'eut jamais de serviles témoins.
Je vis ainsi ; je vois dans ce lieu solitaire
Et le chevreuil léger qui bondit sur la terre,
Et l'agile poisson se jouant dans les eaux,
Et mon œil jusqu'aux cieux suit le vol des oiseaux.
Quand les illusions enchantaient ma jeunesse,
D'autres désirs m'offraient leur séduisante ivresse ;
Et, m'éloignant des bois qui m'ont donné le jour,
Alors je dédaignais le rustique séjour.
Je vécus à Memphis dans un long esclavage,
Où la faveur du prince accueillit mon hommage.
Intendant des jardins, dans mes nouveaux emplois,
Je connus à la cour l'injustice des rois.
De mes ennuis cruels me laissant la souffrance,
Bientôt s'évanouit la trompeuse espérance ;
Et je vis disparaître, emportés par le temps,
Avec mes vains projets les jours de mon printemps.
Je pleurai les loisirs de cette obscure vie ;
Redemandant la paix que je m'étais ravie,
Je dis : Adieu, palais ; adieu, vaine grandeur,
Et le repos des champs me rendit au bonheur. »
    Cependant Herminie écoutait éperdue ;
Aux lèvres du vieillard son ame est suspendue ;

Et cette voix si douce et ces sages accens
Apaisent dans son cœur l'orage de ses sens.
Pensive, elle demeure en un profond silence.
Dans cette solitude impénétrable, immense,
Plus calme elle voudrait s'arrêter jusqu'au jour
Où la faveur du sort permettra son retour :
« Toi qui, pour ton bonheur, as connu l'infortune,
Que ta félicité ne soit point importune
Au Ciel dont je ne puis fléchir l'inimitié,
Et du moins à mes maux accorde ta pitié.
O vieillard, reçois-moi dans ce riant asile;
Sous ces ombrages verts, le destin qui m'exile
Me dit que près de toi ma mortelle douleur
Peut-être cessera de peser sur mon cœur.
Si l'or, les diamans que le vulgaire adore,
Excitent tes regrets, j'en puis offrir encore. »
Et comme un pur cristal alors roulent ses pleurs :
De son sort presque entier elle dit les malheurs;
Et, tribut de ce deuil que leurs ames confondent,
Les larmes du vieillard à ses larmes répondent.

Il l'écoute, l'accueille ; et, d'un soin paternel,
S'efforçant d'adoucir un chagrin trop cruel,
La conduit sous le chaume à l'épouse chérie,
Du déclin de ses ans la compagne et l'amie.
Sous le rustique habit de la fille des Rois,
L'œil ne reconnaît point une Nymphe des bois ;
Et d'un voile grossier couvrant sa chevelure,
Elle semble enchanter les fleurs et la verdure.
Les plus vils vêtemens n'effaceraient jamais
La fierté, la noblesse empreintes sur ses traits.
Dans ses humbles travaux, digne encor d'elle-même,
Déployant sur son front l'éclat du rang suprême,

Elle guide le soir, la houlette à la main,
Le troupeau qui s'éveille aux rayons du matin,
Et presse entre ses doigts, de ses chèvres fidèles,
Le lait dont l'abondance a gonflé les mamelles.

   Quand, fuyant du soleil la dévorante ardeur,
Les brebis, des forêts respirent la fraîcheur,
Sur l'écorce du hêtre ou du laurier flexible
Elle grave le nom qui la rendit sensible,
Sans cesse reproduit sur les rameaux en fleurs
D'un déplorable amour l'histoire et les malheurs,
Relit ces traits formés d'une main défaillante,
Et mouille de ses pleurs sa paupière brûlante :
« Beaux arbres, disait-elle avec un long soupir,
Gardez de ma douleur l'éternel souvenir.
Si quelque tendre amant venait dans ce bocage
Se livrer au repos sous votre épais ombrage,
Eveillez sa pitié, retracez à ses yeux
Mon errante infortune et la rigueur des cieux.
Qu'il dise : Ici gémit une amante fidèle ;
Le sort trahit ses vœux, l'amour s'éloigna d'elle.
Peut-être, si, levant leurs suppliantes mains,
Du ciel sont entendus les trop faibles humains,
Celui pour qui mon cœur brûle sans espérance
Expira dans ces bois sa longue indifférence,
Alors que s'arrêtant ému, silencieux,
Ma tombe solitaire aura frappé ses yeux,
Ses yeux qui donneront dans la forêt plaintive
A ma triste dépouille une larme tardive :
Et moi, si j'ai vécu livrée à la douleur,
Mon ombre peut du moins goûter quelque bonheur :
Et, sur la terre enfin, si je n'y puis prétendre,
L'inaltérable paix suivra ma froide cendre. »

TERRASSON.

BOUTADE MISANTHROPIQUE.

Dans l'âge heureux de la tendresse,
Je croyais être aimé toujours;
Trahi par ma belle maîtresse,
Je me brouille avec les amours.

Encore au printemps de mes jours,
Je voulus égayer ma vie,
La folie en troubla le cours....
Je me brouille avec la folie.

Imprudent, hélas! à Julie
J'exprime l'instinct du désir,
Et ma jeunesse en est flétrie....
Je me brouille avec le plaisir.

Pour échapper au souvenir,
J'allai sur de lointaines plages
Où l'ennui me faisait périr....
Je me brouille avec les voyages.

Dans mon pays, loin des orages,
Je crois retrouver ma gaîté;
A Bacchus j'offre mes hommages....
Il me brouille avec la santé.

Echappé de la Faculté,
Pour l'étude quand je balance,
Les savans m'en ont dégoûté....
Je me brouille avec la science.

Un ami semble, en conscience,
Me témoigner de la pitié,

Il me vole avec impudence
Et me brouille avec l'amitié.

    Dans l'hymen, tout est de moitié,
Dit-on; à deux, on n'a qu'une ame :
Je suis à peine marié
Que... je me brouille avec ma femme.

    Le front terni par une infâme
Qui se plut à briser mon cœur,
Je sens que, trahi dans ma flamme,
Je me brouille avec le bonheur.

    Ici bas, oui, tout est trompeur,
Il n'est point d'ami, point d'amie;
La vie est un songe imposteur,
Et je me brouille avec la vie.   H. L.

DISCOURS

D'AGAMEMNON A MÉNÉLAS.

(Traduit de l'*Iliade*, CHANT IV.)

MÉNÉLAS, *malgré la foi des traités, vient d'être blessé dans les combats : Agamemnon, entouré des Grecs gémissans, exhale ainsi sa douleur :*

« Si tu meurs, Ménélas ! seul j'en suis donc la cause !
» Au glaive des Troyens c'est moi seul qui t'expose,
» Moi ton frère ! au mépris des traités les plus saints,
» Les lâches t'ont frappé de leurs coups assassins !
» Mais la foi des sermens, mais le sang des victimes

» Ont déjà provoqué la peine de leurs crimes.

» Si le roi de l'Olympe enchaîne son courroux,

» Sur eux il va bientôt appesantir ses coups ;

» Bientôt son bras vainqueur, dans le sang des parjures,

» En expiant nos maux lavera nos injures.

» J'en crois un doux espoir : le jour, le jour luira

» Où sous le fer des Grecs Ilion périra ,

» Où Priam , ses sujets, vaincus dans leurs murailles ,

» Doivent trouver enfin de justes funérailles.

» Oui , le fils de Saturne , accomplissant nos vœux,

» Du tonnerre vengeur fera briller les feux ,

» Et sa main lancera sur ce peuple infidèle

» Les rapides éclairs de l'égide immortelle.

» Mais quel deuil pour ton frère, ô mon cher Ménélas !

» Si tu devais descendre au séjour du trépas !

» J'irais au sein d'Argos, j'irais dans ma patrie

» Cacher mon infortune et ma gloire flétrie :

» Impatiens de voir les rivages chéris ,

» Les Grecs fuiraient, laissant Hélène au fier Pâris ;

» Hélène, quel sujet et d'orgueil et de joie !

» Errante sans honneur sous les remparts de Troie,

» L'ombre d'un frère aimé , l'ombre de Ménélas

» Demanderait vengeance et ne l'obtiendrait pas.

» Ces superbes Troyens, insultant à sa gloire,

» Diraient sur son tombeau : Puisse ainsi la victoire

» D'Agamemnon toujours couronner les efforts !

» En vain il a conduit ses guerriers sur nos bords ;

» Il fuit seul, sans armée , et la rive étrangère

» Garde le corps sanglant de son généreux frère.

» Tels seraient leurs discours : ah! que ne peut soudain

» La terre pour jamais m'engloutir dans son sein ! »

A. BIGNAN.

SCÈNES

D'UN CONSEIL DE DISCIPLINE

DE LA GARDE NATIONALE.

(Les membres du conseil sont déjà réunis dans la salle ordinaire de leurs séances , à la mairie. Un factionnaire contient la foule des gardes nationaux qui attendent dans un vestibule.)

UN MEMBRE DU CONSEIL.

Monsieur le président n'est pas encor venu?

LE SERGENT-MAJOR.

Non , il viendra plus tard , il m'en a prévenu.

UN CAPORAL DE CHASSEURS.

Qui peut donc retarder ce Dandin militaire?
Il est si fort zélé !

LE SERGENT-MAJOR, *d'un air pédantesque.*

Ne sauriez-vous vous taire?
De propos et de ton ne sauriez-vous changer?

Sinon, monsieur le juge, il faudra vous juger.
Respect au président; sachez la discipline,
Vous qui la commandez.

LE CAPORAL.

Mais, monsieur, on devine
La cause du retard dont nous gémissons tous :
Pour être président, qu'est-il donc plus que nous ?
Quand j'abandonne, moi, mes devoirs, mes affaires,
Pour juger des délits qui ne m'importent guères,
Il faut que monsieur tel, tranchant du grand seigneur,
Et visant au bon ton jusques dans sa lenteur,
Me fasse perdre ici le temps qui m'est utile,
Et me force à souffrir de son orgueil futile !
Et pourquoi? pour venir, avec fatuité,
Étaler parmi nous sa triste nullité.
De tous ses vains retards je ne suis pas la dupe;
Personne mieux que moi ne sait ce qui l'occupe.
L'éclat du hausse-col s'est peut-être terni...
Ou son bonnet, d'un poil s'est trouvé dégarni...
Aucun fat n'est plus fat de Paris jusqu'à Rome :
Ne nous l'a-t-il pas dit?...Le bonnet, c'est tout l'homme.
Plein de lui-même enfin, gonflé de vanité,
Il croit qu'il compromet sa sotte dignité,
Lorsqu'en notre conseil il est forcé d'attendre
La foule des bisets toujours lente à s'y rendre.

PLUSIEURS MEMBRES, riant.

Ah! ah! bon Dieu! quel homme !

UN CAPITAINE DE GRENADIERS.

Il veut pourtant juger,
Tandis que même à peine il sait interroger.

Il parle, toujours parle et n'écoute personne;
Sous son air doctoral, Dieu sait comme il raisonne !
Décidant sans appel, il se rit de la loi;
Le Roi commande en vain, il donne tort au Roi.
Il se fâche, il s'emporte et jamais ne discute,
Dit longuement des riens, juge en une minute,
Et l'honnête accusé qu'il envoie en prison
N'a jamais avec lui le temps d'avoir raison.

(*M. le président arrive tout essoufflé et s'élevant sur la
pointe des pieds ; il traverse la foule des accusés qui
attendent dans la première salle, et leur fait une légère inclination de tête.*)

LE PRÉSIDENT.

Ouf!..Ah! bonjour, messieurs ; allons donc, qu'on se range.

(*Entrant dans la salle du conseil.*)

Ah! pardon.

LE SECRÉTAIRE DU CONSEIL.

On chantait, monsieur, votre louange ;
On repassait ici toutes vos qualités,
Nous n'étions pas au bout.

LE PRÉSIDENT, *d'un ton niais.*

Ah ! c'est trop de bontés.

(*Il s'assied sur le fauteuil de la présidence, redresse la
tête et pose respectueusement les pans de son uniforme sur les deux bras du fauteuil ; tous les autres
membres prennent place autour d'une table verte.
Le sergent-major seul reste debout près d'une croisée,*

7.

et à son air sombre et inquiet, il semble qu'il va juger
les juges. Plusieurs personnes étrangères au conseil,
vont et viennent et s'agitent sans sujet. Une manière
d'adjudant traverse la salle en tous les sens, et tient
à la main des états de situation, qu'il est fort em-
barrassé de remplir : aussi dit-il à tout le monde qu'il
ne sait où donner de la tête.)

LE PRÉSIDENT, *après avoir bâillé avec une certaine*
grâce.

Nous voilà donc encore ici pour des misères !...
Bon Dieu ! dans ce Paris a-t-on assez d'affaires !
Ah !... j'ai fait aujourd'hui rafraîchir mon bonnet,
On a retravaillé le moelleux du plumet.
Rien ne nous convient plus, messieurs, que la parure,
Je me sens tout guerrier avec cette coiffure.
Vous souvient-il du jour où le Comte d'Artois
Devant le bataillon repassa quatre fois ?
Je l'entendis souvent, pendant cette revue,
Vanter au Maréchal notre belle tenue.
Il dit en nous montrant : « Je suis fort satisfait ; »
Mais il avait, je crois, regardé mon bonnet.

LE SECRÉTAIRE.

Aussi partout, monsieur, on connaît votre zèle ;
Vous pouvez vous vanter d'être un sujet fidèle,
Et c'est un grand honneur pour vous assurément,
D'être le mieux coiffé de tout le régiment.

LE PRÉSIDENT, *reprenant son air niais.*

Toujours flatteur, monsieur.

LE SECRÉTAIRE.

M'en ferez-vous un crime?
Pour votre chapelier je suis rempli d'estime,
Et sur votre bonnet la légion et moi
Nous pensons aussi bien que le frère du Roi.

LE FACTIONNAIRE, *entrant.*

Messieurs, des accusés la foule turbulente
Trouve de ce conseil la justice trop lente ;
Tous vont partir.

LE PRÉSIDENT, *avec un sourire dédaigneux.*

Bon Dieu! n'attendent-ils pas plus
Ceux qui peut-être un jour doivent être pendus?

TOUS LES MEMBRES, *avec le rire de la grosse gaîté.*
Oh! oh! oh!

LE PRÉSIDENT.

Aucun d'eux n'est utile au service,
Et faites-les attendre, ils parlent d'injustice.

TOUS LES MEMBRES, *riant encore.*
Oh! oh!

LE PRÉSIDENT, *avec un ton de bonté affectée.*

De l'indulgence... allons, car il en faut,
Et tout juge qu'on est, on n'est pas sans défaut.
Faites entrer.

LE FACTIONNAIRE, *au président.*

Monsieur, par qui commencerai-je?

LE CAPORAL, *avec humeur.*

Eh! n'importe.

LE PRÉSIDENT, *d'un air d'importance.*

Non pas.

LE FACTIONNAIRE.

Mais chacun d'eux m'assiége.

LE CAPORAL.

Le premier arrivé.

LE PRÉSIDENT.

Mais vous êtes têtu,
Monsieur le caporal.

(*Au factionnaire.*)

Prenez le mieux vêtu.

LE CAPORAL.

Honneur donc à l'habit.

LE PRÉSIDENT, *relevant son hausse-col.*

L'habit est nécessaire,
Et sans l'habit, monsieur, on n'est pas militaire :
Un biset, un métis, ni soldat, ni bourgeois,
A quelque égard ici peut-il avoir des droits?

UNE VOIX, *qui part du vestibule.*

Un biset est égal au soldat parasite
Qui dans son habit seul a mis tout son mérite.
L'État doit du respect à l'humble citoyen
Qui le sert sans habit, mais sans demander rien.

LE PRÉSIDENT, *se levant avec précipitation et mettant
la main sur son épée.*

Quel est l'impertinent?... Soldat, qu'on me l'amène.

LE FACTIONNAIRE, *tout déconcerté, et ramassant son fusil et son bonnet qu'il a laissé tomber dans le trouble où l'a mis cette scène inattendue :*

Mais pourrai-je savoir?...

UN JEUNE HOMME, *se présentant:*

Vous le saurez sans peine.
Je n'ai point d'uniforme et ne crains rien pourtant ;
Tel qui le porte ici, peut-il en dire autant?

(Le président regarde si son épée est toujours à son côté, et se croisant les bras , il donne avec un coup-d'œil l'ordre au secrétaire de faire connaître l'accusation portée contre le délinquant. C'est M. Ernest D......., avocat. Comme il a constamment refusé de s'habiller, on le suppose un peu indépendant. Le secrétaire du conseil lit : « M. Ernest D....., fusilier, accusé d'être » arrivé deux heures trop tard , au poste de la ré- » serve , pour lequel il était *convoqué ,* le 28 janvier » de la présente année ; 2°. d'avoir tenu en plein » corps-de-garde des propos tendant à porter » atteinte au bon ordre et à l'exactitude rigoureuse » du service ; 3°. enfin, d'avoir simulé le sommeil » précisément à l'heure où son tour de faction » était arrivé, probablement dans le dessein de ne » pas monter sa garde. » *(Un sourire échappe à l'accusé ; mais bientôt reprenant un air grave :)*

Dites mieux le motif qui près de vous m'appelle ;
Je suis toujours biset, voilà notre querelle,
Mais je suis fier de l'être, et refuse l'honneur
De n'être bon soldat que grâce à mon tailleur.

N'est-il donc rien ce temps que je vous sacrifie ?
On peut sans un bonnet servir bien sa patrie.
Sur la butte Chaumont, devant nos ennemis,
Moi, je me suis montré pour défendre Paris.
Je n'avais pas d'habit, mais l'amour dé la France
Remplaçait d'un habit l'inutile élégance.
Tous les bisets alors répondaient à l'honneur,
Nous n'avions pas d'habits, mais nous avions du cœur.
Sous le frac d'un bourgeois, on vit de la vaillance,
Et là plus d'un Anglais, expirant sous ma lance,
Par un dernier *goddem* maudissant mon succès,
Vit que sans uniforme on peut être Français.
D'autres, dans cet instant, accusaient de folie
Ceux qui voulaient encor défendre la patrie,
Je le sais, et croyant être assez honorés,
Languirent dans nos murs, superbement parés ;
Plus d'un fidèle époux, de sa moitié tremblante
Partageant, par amour, la frayeur consolante,
Resta dans sa maison, immobile, et craignit
Qu'une tache de sang ne gâtât son habit.

Monsieur le président, soyons quittes ensemble :
Lorsqu'au son du tambour, au poste on se rassemble,
Vous me cherchez en vain parmi tous vos soldats,
Je vous cherchais alors et je ne vous vis pas.

LE PRÉSIDENT.

Mais dans ce jour...eh ! quoi ! devrais-je vous répondre,
Quand mon silence seul aurait pu vous confondre ?
Au jour dont vous parlez, le peuple de Paris
Dans ses murs, hors des murs, avait des ennemis.
Les cosaques français n'étaient pas moins à craindre,
Dans ce moment de trouble ils pouvaient tout enfreindre.

Oui, j'étais dans Paris, toujours fidèle au Roi ;

(*Ricanant.*)

Et fis bien pour l'État, pour ma femme et pour moi.
Mais mon habit alors ne fut pas inutile ;
Il ramena la paix et l'ordre dans la ville ;
Et du plus loin que l'œil pouvait voir mon plumet,
Le fédéré tremblant soudain se désarmait.

ERNEST.

Si votre bonnet seul a conservé la France,
Je lui dois le tribut de ma reconnaissance.
Bien à tort contre lui j'ai montré de l'humeur,
Soyez plus juste aussi ; l'étoile de l'honneur
De parer votre sein est sans doute étonnée,
Je crois qu'à ce bonnet elle était destinée.

LE PRÉSIDENT, *avec fierté.*

Eh ! qui donc êtes-vous ?

ERNEST.

Pour le moins votre égal.

LE PRÉSIDENT.

Mais mon rang....

ERNEST.

Votre rang, monsieur, n'est qu'idéal.

LE PRÉSIDENT.

Mais suis-je chef ou non ?...

ERNEST.

Méritez-vous de l'être ?

LE PRÉSIDENT.

Me connaissez-vous bien?

ERNEST.

Voulez-vous me connaître,
Vous-même?

LE PRÉSIDENT.

Impertinent!... Je demande raison...

ERNEST.

Quand vous voudrez, monsieur.

LE PRÉSIDENT, *d'un air triomphant.*

Vous... irez en prison.
Nous avons des moyens de punir l'insolence.

ERNEST.

Et l'*hôtel Bazancourt* vengera votre offense.

(*Il sort.*)

LE PRÉSIDENT, *tout ému et s'agitant sur son fauteuil.*

Messieurs, délibérons... Je vous l'ai déjà dit,
Le délit d'un biset est un double délit.
C'est à vous de juger une telle impudence.
Peut-on plus loin que moi pousser la patience?...
Suis-je assez offensé?...Recueillons les avis....
Par votre président ils sont toujours suivis;
Délibérez, messieurs... Pour moi, la chose est claire,
A trois jours de prison, écrivez, secrétaire.

(*Le secrétaire du conseil prend note sur son registre de
la décision du président, qui devient, d'un trait de*

plume, décision unanime du conseil, sans qu'aucun
des membres ait été consulté.)

LE FACTIONNAIRE.

Messieurs, un délinquant, arrivé le premier,
Se plaint...

LE PRÉSIDENT.

Est-il biset?

LE FACTIONNAIRE.

Non, c'est un grenadier.

LE PRÉSIDENT.

Bien! Sans plus de retard, soldat, qu'on nous l'amène.

LE SECRÉTAIRE, *voyant entrer l'accusé.*

C'est monsieur Bergeret, employé du domaine.

LE PRÉSIDENT.

On le revoit souvent.

M. BERGERET.

Grâce à votre équité.

LE PRÉSIDENT, *faisant le bonhomme.*

N'êtes-vous donc point las d'être toujours cité?

M. BERGERET.

Mais vous, dont la justice est parfois si diablesse,
Ne vous lassez-vous point de me citer sans cesse?

LE PRÉSIDENT.

Ainsi, par ses discours et son mauvais esprit,
Un délinquant toujours augmente son délit.

(Le président, assez content d'avoir trouvé cette jolie
phrase, relève son hausse-col, et donne ordre au se-
crétaire de faire connaître l'accusation portée contre
M. Bergeret. Le secrétaire parcourt ses registres avec
l'importance d'un commis de comptabilité, et lit :
« Le sieur Bergeret, accusé d'avoir manqué au poste
» des Tuileries, le 1er. février, présent mois. »)

LE PRÉSIDENT.

Qu'avez-vous à répondre ?

M. BERGERET.

Eh bien, messieurs, ma femme...

LE PRÉSIDENT, *l'interrompant avec brusquerie.*

Dans cette affaire-ci que vient faire madame ?

M. BERGERET.

Oui, ma femme, messieurs...

LE PRÉSIDENT.

Parlez moins longuement.
Votre femme, monsieur, connaît le règlement ;
Elle veut qu'en tout point vous fassiez le service,
Et sans nous accuser comme vous d'injustice,
Lorsque vous y manquez, elle trouve fort bon
Que l'on fasse coucher son époux en prison.

M. BERGERET.

Vous...

LE PRÉSIDENT.

A vous disculper que vous aurez de peine !

M. BERGERET.

Je suis, vous le savez, employé du domaine,
Et ma femme, au moment...

LE PRÉSIDENT.

Autant de mots perdus !
Vous êtes employé, monsieur ; raison de plus.
Comment ? être commis c'est n'avoir rien à faire ;
Et lorsque de l'État vous touchez un salaire,
C'est vous qui refusez d'être utile à l'État,
Et qui restez bourgeois quand il vous fait soldat !

M. BERGERET.

Est-ce à vous, est-ce à moi de garder le silence ?
Je ne sais ; puis-je dire un mot pour ma défense ?

LE PRÉSIDENT.

Parlez ; qui vous empêche ? excusez-vous...

M. BERGERET.

Eh bien..,
Ah ! j'ai perdu la tête et je ne sais plus rien.

UN MEMBRE.

C'était sur votre femme...

LE PRÉSIDENT.

Eh ! comme dit Voltaire :
Que diable aura donc fait sa femme en cette affaire ?

(*Le président cherche un sourire approbatif sur les
lèvres de tous les membres, qui se demandent dans
quelle pièce* Voltaire *a dit cela.*)

M. BERGERET.

Puis-je parler, enfin?... Au poste désigné,
Le fusil sur le bras, je marchais résigné,
Lorsque ma femme accouche et juste, pour vous plaire,
D'un petit grenadier elle me fait le père.

LE PRÉSIDENT.

Bah! toujours avec vous, c'est un enterrement,
Une noce, un baptême, ou quelque accouchement.

M. BERGERET.

Votre garde, monsieur, a le pouvoir peut-être
D'empêcher les humains de mourir ou de naître?

LE PRÉSIDENT.

Le conseil ne peut être et n'est pas compétent
Pour juger, sans témoins, le cas d'accouchement.

M. BERGERET.

Faudra-t-il assembler la légion entière
Pour faire voir?...

            LE PRÉSIDENT.

          Il faut ou sortir ou vous taire.

M. BERGERET.

Une femme aujourd'hui ne peut impunément,
Pour son pauvre mari, mettre au monde un enfant.
Et comment faire donc?

LE PRÉSIDENT.

             Ce soin là vous regarde;
Ayez donc moins d'enfans et montez plus la garde.

M. BERGERET.

Mais , s'il en est ainsi, l'on devrait empêcher,
Par un *ordre du jour*, les femmes d'accoucher.

LE PRÉSIDENT.

Monsieur, retirez-vous.

(*M. Bergeret sort avec humeur, ce qui ne l'empêche pas
toutefois de rire un peu aux dépens du tribunal. Ici
les membres du conseil bâillent tous à la fois, et font
bâiller le président, qui ne veut pourtant rien faire
comme les autres. Mais aussitôt il se lève, et s'écrie :*)

L'avis est unanime ;
Mais *trois jours de prison*, c'est peine trop minime ;
Il en faut six, dont trois pour son ton insolent
Et trois pour récidive , en fait d'accouchement.

(*Le secrétaire inscrit une seconde fois la décision* UNA-
NIME *du conseil. D'autres accusés sont introduits. Le
registre du secrétaire fait mention de différens délits
pour lesquels différentes excuses sont alléguées ; il n'y
a que les jugemens qui se ressemblent tous ; le président est toujours aussi prodigue de paroles, et les
membres du conseil toujours muets.*)

CHARLES.

QUATRAIN

Posé sur un Myrte présenté à Mlle. ÉMILIE S....

Je pris naissance aux bosquets d'Idalie,
Mais sans regret je quitte ce séjour :
Je viens orner le salon d'Émilie,
C'est être encore au temple de l'Amour.

NOSSENT,
Avocat à la Cour supérieure de justice de Liége.

PARAPHRASE DITHYRAMBIQUE

DES PREMIÈRES STROPHES

Du psaume : *Cœli enarrant gloriam Dei,*
Et du psaume : *Laudate Dominum de Cœlis.*

(Lue à la séance publique de la Société Philotechnique, du 26
avril 1818,)

De l'Éternel les cieux disent la gloire ;
Leur voûte, où resplendit l'ouvrage de ses mains,
    L'annonce et le montre aux humains ;
  Le jour au jour signale sa mémoire
Et sur le front des nuits ses décrets sont empreints.

Le soleil le devance : il se lève, superbe,
Comme l'époux sortant de son lit nuptial ;
Il marche, et des rayons de son char matinal
L'or jaillit sur l'azur, en éclatante gerbe.
D'un hymne universel sa course est le signal.
Tout célèbre d'un Dieu la gloire et la puissance ;
    Tout chante en sons harmonieux
    Le Seigneur et sa Providence.

Du jour et de la nuit les flambeaux radieux ,
    Avec les célestes phalanges ,
Dans un chœur immortel répètent ses louanges :
    De son souffle il créa leurs feux ;
    Il dit : sa parole féconde
De leurs globes peupla l'immensité des cieux.
Qu'un concert éclatant à jamais lui réponde ;
Chantez, anges ! chantez son nom victorieux !

    Les mers , au sein des cavernes profondes ,
Où de leurs flots domptés expire la fureur,
Les gouffres , les volcans , allumés sous les ondes ,
Exaltent le Très-Haut , générateur des mondes ,
    Et leur immuable moteur.

La voix de la tempête et celle du tonnerre,
Et la neige et la grêle et le bruit des torrens ,
Le murmure des eaux , le tumulte des vents,
Gages de ses faveurs , signes de sa colère ,
Qu'il déchaîne ou retient , vengeur ou débonnaire ,
    Le proclament en longs accens.

Le stérile rocher qui menace la nue,
Les monts et les côteaux de verdure couverts ,
Les fertiles vallons , les arides déserts ,
    La plaine d'épis revêtue ,
    Les forêts aux fronts toujours verts ,
Le cèdre , le palmier , fiers enfans de la terre ,
L'humble arbrisseau rampant sur le sol paternel ,
    L'ormeau , la vigne et le chêne et le lierre ,
    Rendent hommage à l'Éternel.

Vous le louez aussi, doux trésors de l'automne,
  Et vous, parure de nos champs,
  Aimables filles du printemps,
  Fleurs que tant d'éclat environne,
Dans vos parfums, qui montent vers son trône,
  De la terre il reçoit l'encens.

A sa gloire adressez de plus nobles cantiques,
Hôtes de nos foyers, fiers habitans des bois,
Compagnons et soutiens de nos travaux rustiques,
  Qu'au joug de l'homme assujettit sa voix.

  D'insectes tribus innombrables
  Qui peuplez la terre et les airs,
Effroi du voyageur, reptiles redoutables,
Louez aussi le nom du Dieu de l'Univers.

Vous qui volez vers lui, dans la plaine azurée,
  Oiseaux charmans qui, chaque jour,
Du matin renaissant saluez le retour,
  Que votre musique sacrée
  Au Créateur soit un hymne d'amour.

Hommes, vieillards, enfans, vierges, jeunes épouses,
  Grands de la terre, princes, rois,
Juges des nations, réunissez vos voix.
  Étouffez les clameurs jalouses
De tout l'enfer, armé pour maintenir ses droits.
  Chantez le Seigneur et ses lois ;
Célébrez le Dieu saint, le Dieu fort, invincible,
Plus ancien que le temps, plus durable que lui ;

Propice aux bons comme aux méchans terrible ,
Du peuple qu'il créa le sauveur et l'appui.

Aux cieux que la terre s'unisse
Pour bénir son nom redouté ;
Que l'Univers en retentisse
Dans le temps et l'éternité !

P. A. VIEILLARD.

VERS

RÉCITÉS A L'OUVERTURE DU THÉATRE DE SOCIÉTÉ DE MORLAIX, LE 7 FÉVRIER 1819.

SUR le théâtre de la vie
Vous êtes acteurs comme nous ,
Messieurs ; jouer la comédie ,
N'est-ce pas le destin de tous ?
Le monde est une vaste école
Où tous nous venons épeler,
Et l'enfant, dès qu'il peut parler,
Commence à bégayer son rôle.
Qu'ici-bas l'on serait heureux
Si chacun se bornait à faire
Le rôle qui convient le mieux
A sa taille , à son caractère !

8.

Mais, hélas ! l'homme ne sait guère
Prendre les conseils du bon sens,
Et ce sont les nains, d'ordinaire,
Qui veulent jouer les géans.

Chez nous, messieurs, l'on est plus sage :
Chacun ne pouvant être roi,
Sait se contenter de l'emploi
Que le sort lui donne en partage.
Acteurs, mais sans prétention,
Parmi nous point d'ambition ;
Notre talent est l'union,
La gaîté notre apprentissage ;
La raison sera le souffleur,
Le sentiment notre poëte,
L'amitié notre directeur,
Et le plaisir notre recette.

J. Boucher Deperthes.

JUPITER

SUR LE MONT IDA.

Fragment traduit de l'Iliade (Chant XIV).

Au faîte de l'Ida Junon vient de paraître :
Dans son cœur aussitôt Jupiter sent renaître
Ce trouble précurseur des plaisirs amoureux,

Ces feux dont il brûla, le jour, le jour heureux
Où loin de leurs parens, un précoce hyménée
Sous les yeux de l'amour unit leur destinée.
« O Junon, a-t-il dit, pourquoi du haut des cieux,
» Sans char et sans coursiers, descendre dans ces lieux?
» Parle : où diriges-tu ta démarche empressée ? »
La déesse avec art déguisant sa pensée :
« Je cours chercher, dit-elle, au bout de l'Univers,
» Et l'auguste Thétis et le vieux Roi des mers ;
» Tous deux ont dans leur cour élevé mon enfance,
» Et tous deux ont des droits à ma reconnaissance.
» Hélas! ils ne sont plus ces momens fortunés
» Où je voyais leurs cœurs l'un à l'autre enchaînés.
» Il s'adoraient!... Je vais rallumer dans leur ame
» Cette première ardeur d'une première flamme.
» Prêt à fendre les flots, prêt à voler dans l'air,
» Mon char impatient, émule de l'éclair,
» M'attend aux pieds du mont : c'est à toi de prescrire
» Si je verrai Thétis dans son humide empire ;
» Ordonne, j'obéis; j'aurais trop de regrets
» Si j'allumais ta haine en bravant tes décrets. »

« Chère et belle Junon, dit le roi des nuages,
» Choisis un autre temps pour ces lointains voyages.
» Viens aux bras d'un époux : que ton cœur en ce jour
» Confiant, s'abandonne aux charmes de l'amour.
» Non, jamais dans mon sein ou mortelle ou déesse
» N'alluma plus d'ardeur, n'excita plus d'ivresse.
» L'épouse d'Ixion, qui jadis à mes vœux
» Donna Pirithoüs, mortel égal aux dieux,
» Danaé, dont le fils devint l'orgueil du monde,
» La fille d'Agénor, qui doublement féconde,

» Mit au jour Rhadamante et l'illustre Minos,
» Alcmène et Sémélé, mères de deux héros,
» Et la blonde Cérès et l'altière Latonne
» Ne m'ont pas inspiré ce trouble qui m'étonne;
» Je n'ai jamais enfin senti pour tes attraits
» D'un amour aussi vif les invincibles traits. »

« Quel vœu, fils de Saturne, échappe à ton délire ?
» Puis-je donc t'accorder ce que ton cœur désire ?
» Aux sommets de l'Ida veux-tu que sans pudeur
» Éclate à tous les yeux notre imprudente ardeur ?
» Veux-tu qu'un immortel, témoin de nos tendresses,
» A la céleste cour révèle nos faiblesses ?
» Qui! moi, trahir ma gloire !..Ah! dis-moi de quel front
» Je reverrais les cieux après un tel affront.
» Mais si ton cœur l'exige, un réduit solitaire,
» Ouvrage de Vulcain, asile du mystère,
» Peut seul aux yeux de tous dérober notre amour :
» Viens, le bonheur t'appelle au fond de ce séjour. »

« Des mortels et des Dieux ne crains pas l'œil sévère, »
Répond le souverain que l'Olympe révère :
« Un voile, nous cachant aux regards indiscrets,
» Va nous envelopper de ses replis secrets,
» Et le soleil, dont l'œil embrasse au loin le monde,
» N'en saura pénétrer l'obscurité profonde. »

Il dit, et sur son cœur Junon a palpité :
Un jeune et doux gazon, trône de volupté,
Les soulève, et déjà la terre fait éclore
Le lotos embelli des larmes de l'aurore,
Et la molle hyacinthe et le safran doré.

Du voile protecteur l'heureux couple entouré
S'endort, et la rosée, en perles cristallines,
Tombe légèrement sur leurs têtes divines.
Ainsi le roi des cieux se livre tour à tour
Aux douceurs de Morphée, aux douceurs de l'amour.

Cependant le Sommeil, messager d'allégresse,
S'éloigne, vole, arrive aux vaisseaux de la Grèce.
« O Neptune, a-t-il dit, les momens nous sont chers.
» Des fils de Danaüs tu connais les revers,
» Venge-les : que ton bras s'arme enfin pour leur cause.
» Vaincu par mon pouvoir, leur ennemi repose,
» Et de l'amour en lui rallumant le désir,
» Junon le tient captif dans les bras du plaisir. »

Il dit, et court verser ses pavots sur la terre.
Le dieu, brûlant déjà d'une noble colère,
S'élance aux premiers rangs ; plus furieux encor,
Il s'écrie : « O guerriers ! laisserons-nous Hector
» Envahir notre flotte, usurper notre gloire ?
» Dans son avide orgueil enchaînant la victoire,
» S'il triomphe déjà, c'est que d'Achille oisif
» Languit sur ses vaisseaux le courage captif.
» Achille est irrité : qu'importe sa colère ?
» Qu'en vous seuls désormais votre courage espère ;
» Osez croire au succès : en volant aux combats,
» Du vaste bouclier, amis, chargez vos bras.
» Que les cimiers épais, que les lances brillantes
» Ombragent votre tête, arment vos mains vaillantes.
» Moi-même au champ de mort je guiderai vos coups,
» Et cet Hector si fier va trembler devant nous.

» Marchons ! que le plus faible, à mes désirs docile,
» Cède aux mains du plus fort une armure inutile. »

Il ordonne, et soudain voit ses ordres remplis.
Malgré les coups nombreux dont ils sont affaiblis,
Ulysse, Diomède, et le puissant Atride
Ont rassemblé bientôt une élite intrépide ;
Ils parcourent les rangs : les dociles guerriers
Échangent à l'envi leurs traits, leurs boucliers.
Déjà brille le fer et le glaive étincelle :
Neptune, le premier, à son courroux fidèle,
Vole et balance au loin un javelot d'airain ;
L'éclair est dans ses yeux, la foudre est dans sa main ;
Il paraît, tout frémit, et l'aspect de sa lance
Des guerriers les plus fiers enchaîne la vaillance.

Mais le fils de Priam, armé pour les combats,
Du feu de son courage enflamme ses soldats.
Neptune, appui des Grecs, Hector, appui de Troie,
A la même fureur tous les deux sont en proie ;
Jusqu'au camp inondé vient se briser la mer,
On combat ; mille cris retentissent dans l'air.
Non, les flots mutinés, qu'en sa grondante rage
Borée avec fracas pousse vers le rivage,
L'incendie, étendant au milieu des forêts
De son vol enflammé les rapides progrès,
Les autans furieux qui d'un antique chêne
Courbent les fiers rameaux et la tête hautaine,
Rien n'égale les cris que les enfans de Mars
Ou vainqueurs ou vaincus, poussent de toutes parts.

A. BIGNAN.

COMPARAISON

EXTRAITE DE L'ARIOSTE.

(LA VERGINELLA È SIMILE ALLA ROSA, ETC.)

(*Orlando furioso*, c. 1, st. XLIII.)

———

Voyez dans nos jardins cette rose nouvelle :
Tant qu'au rameau natal elle reste fidèle,
Le respect l'environne, et le discret berger
D'une profane main craindrait de l'outrager.
Du Zéphir printannier l'haleine caressante,
Et les pleurs de l'aurore et l'onde bienfaisante,
Et d'un sol nourricier les sucs rafraîchissans,
Tout protége l'honneur de ses charmes naissans ;
Et malgré ses désirs, l'amant, l'amant lui-même
N'ose en parer le front de la beauté qu'il aime.
Mais vient-elle à quitter l'arbrisseau paternel ?
C'en est fait des présens qu'elle a reçus du ciel ;
Un instant a suffi pour terminer son règne,
L'œil ne l'admire plus, et la main la dédaigne.
Ainsi, lorsqu'une vierge, infidèle à l'honneur,
A permis de cueillir la rose de pudeur,

Cette fleur de vertu qui doit être chérie
Plus que tous les attraits, plus même que la vie,
Elle a perdu bientôt et son charme et son prix ;
L'amour qui la cherchait la fuit avec mépris.

FONTANES.

VŒUX D'UN SOLITAIRE.

Amour, cruel amour ! source de tant de pleurs,
Qui du charme des yeux fais le tourment des cœurs ;
O toi ! qui d'un regard, d'un mot ou d'un sourire,
Apaises le courroux, fais naître le délire ;
Amour, à te servir je renonce en ce jour ;
Le crime et le malheur accompagnent l'amour.

Comme on voit sur le lis ou la rose vermeille
Se jouer le zéphir, se reposer l'abeille,
Telle on voit accourir Vénus auprès de nous,
Dans ses yeux le plaisir, dans son sein le courroux ;
Traînant à ses côtés l'adultère, l'inceste,
Le désespoir, la haine, et leur suite funeste.
Fuyez son doux regard, fuyez son doux souris,
Mortels, faibles mortels, craignez d'être surpris !
Aux célestes lambris étalant tous ses charmes,
Aux dieux mêmes, aux dieux elle coûte des larmes.

Les habitans de l'air, les hôtes des forêts,
Et ceux qu'au fond des mers surprennent les filets,
La brute qui rumine, et le mortel qui pense,
Et la terre et le ciel adorent sa puissance ;
Je le sais : mais pour moi, qui méconnais ses lois,
Son regard est sans force, et sans charme est sa voix.
Heureux de me soustraire à son dur esclavage,
Quand Pallas me sourit, Pallas a mon hommage.
O toi, qui du cerveau du souverain des dieux
Sortis, et près de lui te plaças dans les cieux ;
Pur esprit, vrai torrent de force et de lumière,
C'est toi, toi que j'invoque, exauce ma prière !
Je ne demande point, dans mes vœux insensés,
Aux dépens de l'honneur des trésors amassés,
Ni d'un rang élevé l'orgueilleuse bassesse :
Daigne, daigne en ce jour m'accorder la sagesse,
Les arts consolateurs, doux enfans de la paix,
La liberté surtout, mes vœux sont satisfaits.

TALAIRAT.

ÉLÉGIE.

J'AI vu pleurer mon adorable amie,
Et ce fut moi qui causai sa douleur !
Hélas ! sur la route chérie

Qui me conduisait au bonheur,
J'ai vu se faner une fleur,
Et par mes mains sa fraîcheur fut ternie.

Vainement je me dis : Mon pardon est juré,
L'amour m'a condamné, c'est l'amour qui m'excuse.
Au fond de mon cœur déchiré
Retentit la voix qui l'accuse,
Et je répète : Elle a pleuré.

J'appellerais en vain la gaîté fugitive,
Vainement je voudrais ne me plus affliger,
Mon ame doit s'unir à son ame plaintive ;
Auteur de son chagrin, je le dois partager.

Du dieu des vers invoquant le génie,
Pour achever mes tableaux imparfaits,
Vainement encor je voudrais
Reprendre en mains les pinceaux de Thalie.
Par la seule douleur mon cœur est inspiré,
J'use mes vains efforts sur ma lyre inquiète,
Et ma lyre répète :
Elle a pleuré !

C.

LES DEUX BAISERS.

Baiser d'amour que jamais n'oublîrai,
Baiser cueilli sur le front d'une amante,

Malgré la voix de sa pudeur tremblante,
Je fus par toi de bonheur enivré;
Mais quand ses yeux me dirent : Je pardonne,
De ce pardon qu'un baiser soit garant;
Je m'écriai : Le baiser qu'on lui prend
N'est rien auprès du baiser qu'elle donne.

E.

ORIGINE

DE LA PIÉTÉ FILIALE.

Un beau jour, qu'au maître des dieux
On avait d'ici-bas offert maint sacrifice,
Il résolut de nous être propice.
(Qui peut mieux que l'encens faire écouter nos vœux ?)
Eh ! quoi, dit-il, malgré ma bonté tutélaire,
Jamais l'homme au bonheur ne pourra parvenir !
Est-il né pour toujours souffrir ?
C'est donc en vain, que sur la terre
Il a, pour embellir ses jours,
Enfant, l'espérance attachante,
Jeune homme, les bouillans amours,
Vieillard, l'amitié consolante !

Que lui faut-il pour être heureux ?
Car chaque jour lorsqu'il m'implore,
Le bonheur seul est l'objet de ses vœux...
Faisons pour lui briller une nouvelle aurore,
Créons un sentiment nouveau
Qui fasse en tous les temps le charme de sa vie,
Qui l'échauffe et le vivifie
Du feu de son divin flambeau.

Dès-lors l'amour connut une rivale,
Qui souvent balança son pouvoir et ses droits,
Dont tout mortel aime à suivre les lois ;
C'est la piété filiale.

MARCEL V....T.

SECONDE NOTICE.

THÉATRE COMPLET DE M.-J. DE CHÉNIER, orné
du portrait de l'auteur. Chez Baudouin frères, imprimeurs-libraires, rue de Vaugirard, n°. 36.
Prix : 20 fr., et 25 fr. par la poste.

On trouve dans Chénier un mérite qui manque souvent à des
hommes d'un égal talent ; c'est celui de viser toujours à un grand
but moral ou politique. *Charles IX* est l'école des rois ; *Fénélon*,

celle des prêtres; *Jean Calas*, celle des juges: dans ses autres ouvrages, c'est toujours la cause du peuple qu'il plaide, avec autant de hardiesse que de bonheur. *Tibère* offre la peinture énergique et fidèle de toutes les duplicités et de tous les raffinemens de la tyrannie: cette belle tragédie ferait seule la réputation d'un autre homme. Sagesse de plan, simplicité d'action, contraste de caractères, tout en fait un ouvrage admirable. Quelle éloquence dans la douleur d'Agrippine! quel intérêt dans les remords de Pison! quel héroïsme dans la piété filiale de Cnéïus! quelle belle conception que le rôle de Tibère, et avec quel art l'auteur a partagé l'odieux entre lui et Séjan, le conseiller et le ministre de ses crimes! L'ombre de Germanicus semble planer toujours sur la scène; elle y répand une couleur sombre, tragique, terrible, et l'intérêt est porté au comble par la beauté du dénoûment. L'analyse serait impuissante à tracer l'esquisse de tant de beautés: vouloir extraire les fragmens les plus remarquables, ce serait citer tout l'ouvrage.

Tibère n'est pas la seule richesse nouvelle que nous offre cette édition: Chénier prouve la flexibilité de son talent dans la traduction de trois tragédies de Sophocle: *OEdipe-Roi, OEdipe à Colonne,* et *Electre;* dans un drame en trois actes, sur *Nathan-le-Sage,* imité de l'allemand; enfin, dans plusieurs fragmens d'une comédie en cinq actes, intitulée les *Portraits de Famille,* et d'une autre en trois, sur *Ninon.*

GÉNIE DU THÉATRE GREC PRIMITIF, ou Essai d'imitation d'Eschyle, en vers français; par Henri Terrasson. Chez Durey, quai des Grands-Augustins, n°. 25. Prix : 4 fr.

Cette traduction mérite un rang d'autant plus distingué, qu'elle n'a été précédée par aucun travail de ce genre. M. Terrasson est le premier qui ait eu l'heureuse hardiesse de traduire Eschyle en vers, et le succès a couronné ses efforts. Tour à tour simple et énergique dans le dialogue, riche et pompeux dans les descriptions, il a su reproduire toutes les beautés de son modèle. Le style d'Eschyle, brillant d'images, étincelant de poésie, s'élève quelquefois à la hauteur de l'ode; ses pensées ont de l'audace et de la grandeur. Ce sont presque toujours des dieux ou des demi-dieux qu'il met en scène. Le traducteur français a triomphé des nombreuses difficultés que lui présentait l'auteur grec; il a rempli le but qu'il s'était proposé, celui de nous faire connaître son génie; et les morceaux qui ont été l'objet de son travail, toujours choisis avec goût et traduits avec bonheur, doivent puissamment contribuer à ranimer parmi nous l'amour de la littérature ancienne et de la langue d'Eschyle.

L'ENFER, poëme du Dante, traduit en vers français; par le même. Chez Pillet, rue Christine. Prix : 6 fr.

M. Terrasson n'a pas été aussi bien inspiré par le poëte florentin que par le père de la tragédie grecque, et l'on ne doit point s'en étonner. *La Divina Commedia,* ne peut pas être jugée, dit-on, d'après les données communes, attendu qu'aucun autre poëme n'en fut le modèle. Cela est vrai sans doute; il nous sera du moins permis de croire que c'est une de ces conceptions bizarres, pour lesquelles surtout le génie de notre langue est rebelle. M. Terrasson ne nous a donné que la traduction de *l'Enfer,* et il est peut-être à regretter qu'il ne nous ait pas aussi fait connaître ou *le Purgatoire* ou *le Paradis,* puisqu'au moins il n'existe encore aucune traduction en vers de ces deux parties de *la Divina Commedia.* Nous craignons bien que le public ne soit pas assez reconnaissant envers M. Terrasson, de tous les efforts qu'un pareil travail aura dû lui coûter. Cette multiplicité d'allégories et d'allusions à l'histoire contemporaine qui surchargent presque tous les vers du Dante, fatigue le lecteur, et l'empêche souvent de saisir la pensée de l'auteur original. — On ne saurait toutefois refuser au traducteur un grand talent de versification; il semble s'être formé à l'école de Delille.

ÉPITRE

A ELVIRE.

Toi qui, dans ton heureuse et brillante saison,
Joins les fleurs de l'esprit aux fruits de la raison ;
Toi qu'aime à célébrer ma voix reconnaissante,
Tu souris la première à ma muse naissante,
Lorsqu'Eschyle au cercueil m'inspirant ses transports,
Prêtait sa vieille audace à mes jeunes accords ;
Quand, docile à mes vœux, un poëte sublime
Descendit avec moi dans ce profond abîme,
Où se lit à jamais sur le lugubre airain
L'arrêt fatal : *Entrez, vous espérez en vain.*
Belle Elvire, long-temps l'auguste poésie,
Qui cache son berceau sous les yeux de l'Asie,
Versa sur les humains ses divines faveurs,
Par le luth consacré se fit entendre aux cœurs,
Unit aux deux plaisirs la sagesse profonde,
Ainsi que des vertus, donna des lois au monde,
Soumit l'homme enivré de ses premiers regards,
Et sur l'autel des dieux prit le sceptre des arts.
O vieux siècles, salut ! Et vous, amour du sage,
Salut, vierges d'Homère, acceptez mon hommage :
Si je vous adressai, dès mes plus jeunes ans,

Le culte que l'on doit à vos soins bienfaisans ;
Si mes faibles essais de vous m'ont fait connaître,
De l'oubli de la mort m'affranchissant peut-être ,
Vous ne m'envîrez point, dans mes nouveaux destins ,
Un regard de vos yeux, une fleur de vos mains.

L'empire des beaux vers n'est point une chimère :
L'avenir fut doté de la lyre d'Homère.
Le faible Simoïs se ressouvient encor
Des larmes de Priam sur la cendre d'Hector.
Doux charme des humains , divine poésie !
Répands sur moi ces flots d'immortelle ambroisie
Qui du vieillard de Smyrne éternisaient le nom.
Celui que d'un regard favorise Apollon ,
Ne va point implorer d'une bouche importune
Les avares faveurs de l'aveugle fortune ,
Et dédaigne , enrichi de la palme des arts ,
Ce fastueux orgueil qui couronne les Czars ;
Mais si la chaste muse à sa veille charmée
Demeure , et si ses chants restent sans renommée ,
Il leur devra du moins, libre d'un vain honneur,
La douce obscurité qui suffit au bonheur :
De l'inspiration l'étincelle brillante
Descend en rayons d'or sur sa tête brûlante ;
Le songe de la gloire enchante son sommeil,
Au jour de l'avenir prépare son réveil,
Et , de sylphes légers l'illusion suivie,
Comme un souffle d'amour voit s'exhaler sa vie.
Qu'une erreur ait séduit ce cœur trop généreux :
Le bonheur est toujours où l'on se croit heureux.

Lorsqu'aigrissant des rois les haines mutuelles ,
La Discorde , au milieu des phalanges cruelles,

Agite avec fureur son glaive et ses flambeaux,
Et s'assied sur un trône entouré de tombeaux,
Dans le fond des forêts le poëte s'exile ;
A Vertumne, à Palès il demande un asile,
Et c'est là qu'il retrouve, en soupirant ses vers,
La paix qui se refuse aux vœux de l'Univers.
Mais il n'y vit point seul. Quand, dans la solitude,
Égarant sans objet sa vague inquiétude,
Il se livre aux regrets qui font couler ses pleurs ;
Quand les ombres du soir descendent sur les fleurs,
La nuit, à sa pensée en secret recueillie
D'un souvenir d'amour et de mélancolie,
Révèle la puissance en flattant son désir,
Et sa plus grande peine est un plus doux plaisir :
L'amitié le console et le rend à lui-même.
Il ne demande aux Cieux qu'un cœur tendre qui l'aime,
Un cœur qui soit à lui : les cieux l'ont entendu :
Un ami, doux trésor, à ses vœux était dû ;
Il le possède enfin, c'est là sa récompense :
Il n'est plus seul au monde, il le sait, il le pense ;
Et quand, prêt à dormir du sommeil éternel,
Dieu va le recevoir dans son sein paternel,
Du départ sans retour quand le temps sonne l'heure,
Il laisse sur la terre un ami qui le pleure.

J'en avais un, Elvire ; il fut aussi le tien :
Cet ami, de nos jours éternel entretien,
Un mal cruel l'enlève à sa première aurore ;
De ce fils d'Apollon le luth résonne encore :
Il laisse à nos regrets ses chants interrompus,
Et son génie éteint ne se réveille plus.
Amitié, don sacré qui m'enflamme et m'inspire,

Sois l'idole d'un cœur soumis à ton empire ;
L'homme peut tout trouver, par toi seul affermi ;
Il n'est plus malheureux s'il possède un ami :
L'espérance à ta voix sourit à l'infortune
Que lassait le fardeau d'une vie importune :
Celui qui peut connaître et sentir ses bienfaits,
Jamais ne se plaindra des ingrats qu'il a faits.

Ah ! cet ami si cher dont la tombe est muette,
Il eût souri sans doute aux accens d'un poëte ;
Mais il eût vu cet art et sublime et divin,
De ce siècle orgueilleux essuyer le dédain,
Et, dans le précipice où le torrent l'entraîne,
Enflots noirs et bourbeux s'engloutir l'Hippocrène.
L'obscure Politique envahit chaque jour
Cet empire où des dieux se rassemblait la cour.
L'Olympe se referme ; il nous reste en partage
De nos troubles publics le funeste héritage.

Vous donc que du génie enflamment les élans,
Hâtez-vous de cueillir la palme des talens :
Rallumez les flambeaux d'Homère et de Virgile ;
Rendez-nous les grands traits de Juvénal, d'Eschyle ;
Messaline, échappée au lit des empereurs,
Colportant dans la nuit ses lascives fureurs ;
Et Xerxès, dont un jour flétrit la renommée,
Un carquois à la main pleurant sur son armée.
De l'austère vertu prononçant les arrêts,
Quel autre Cicéron condamnera Verrès ?
Quel Tacite nouveau, déroulant ses annales,
Du fils d'Enobarbus peindra les Saturnales ?
Et, décernant au crime un éternel affront,
Des Nérons à venir fera pâlir le front ?

Élèves d'Apollon, rivaux de Démosthènes,
Souvenez-vous qu'ainsi dans Rome et dans Athènes,
Debout sur un amas de guerriers expirans,
La liberté bravait les foudres des tyrans.
A la voix de Tyrtée, une élite intrépide
Dans Sparte balançant le javelot rapide,
Entonnait de Castor l'hymne religieux,
Et semblait à sa gloire associer les Cieux.

Elvire, un même goût nous fixe et nous rassemble :
Unissons nos regrets, consolons-nous ensemble,
Et saisissons ce reste aux siècles échappé.
Tel près du chêne altier qu'un tonnerre a frappé,
Quand Flore nous sourit dans le vallon tranquille,
D'un arbuste naissant le feuillage mobile
Offre encore aux amours des timides oiseaux
Un ombrage incertain réfléchi dans les eaux.
Ramenons, il est temps, nos accords poétiques
Au ton sévère et pur des modèles antiques.
Surtout n'oublions pas que, du vrai seul épris,
Le goût à la raison garde toujours le prix ;
Qu'il ne donna jamais de précepte futile,
Et que le beau n'est rien si le beau n'est utile.
Ah ! si nos écrivains s'élevaient aujourd'hui
Contre cette raison qui cherche leur appui,
L'un, blasphémant notre âge et démentant l'histoire,
Oserait des Français calomnier la gloire ;
De l'éloquent Rousseau l'autre briser l'autel ;
Celui-ci, déchaîné sur Voltaire immortel,
Penserait qu'un seul jour suffira pour détruire
L'édifice imposant qu'un siècle a vu construire.
La Sorbonne en fureur dénoncerait aux rois

Montesquieu, qui s'ouvrit le dédale des lois;
Dévoûrait à la flamme Émile et Bélisaire;
Livrerait, dans l'exil, Raynal à la misère;
Et la France entendrait un langage insensé
Des crimes du présent accuser le passé.

Non, reportons nos yeux vers les douces images
Qu'un avenir obscur voilait à nos hommages.
Le sage se soumet; mais, loin d'être abattu,
Toujours dans l'infortune il garde sa vertu,
Et son amour contemple avec idolâtrie
Dans la gloire des arts celle de la patrie.
Il a vu des partis les flots long-temps rouler,
Des révolutions le torrent s'écouler,
L'âge fuir; et, tandis que la foule vulgaire
Livre au mépris des noms qu'elle encensait naguère,
Il sait aux cœurs ingrats rappeler les bienfaits,
Et jamais au malheur n'impute des forfaits.

TERRASSON.

DÉBUT DE L'ILIADE.

Muse, célèbre Achille et ce ressentiment
Qui, de maux éternels éternel aliment,
Avant le jour fatal, dans les royaumes sombres,
D'innombrables héros précipita les ombres,

Et sous les murs troyens, aux vautours dévorans
Abandonna les corps des guerriers expirans.

Du puissant Roi des cieux tel fut l'arrêt terrible,
Du moment où l'on vit la Discorde inflexible
Agiter ses flambeaux pour la première fois
Entre le fils des dieux et le maître des rois.

Mais qui donc l'alluma ce courroux homicide?
Apollon, ce fut toi. Par le superbe Atride
Tu ne peux sans courroux voir Chrysès outragé;
D'un si cruel affront tu dois être vengé;
Et bientôt sur les Grecs ta puissance déchaîne
La peste et le trépas, ministres de ta haine.

Chargé du sceptre d'or et des bandeaux sacrés,
Du pouvoir de son Dieu symboles révérés,
Chrysès au camp des Grecs a traîné sa misère;
Il vient redemander la fille la plus chère :
« Atrides, a-t-il dit, et vous Grecs généreux,
» Puisse le ciel, propice à vos efforts heureux,
» Abaisser d'Ilion les remparts et la gloire !
» Puissiez-vous, couronnés des mains de la victoire,
» De la Grèce bientôt saluer les doux bords !
» Mais rendez-moi ma fille, acceptez mes trésors;
» Dans Chrysès suppliant, que votre cœur révère
» Le Dieu qui lance au loin les traits de sa colère ! »

Le vieillard a parlé : d'un murmure flatteur
S'élève autour de lui le concert protecteur.
Son titre est cher aux Grecs, son désespoir les touche ;
Mais Atride, inflexible et l'outrage à la bouche :

« Fuis, vieillard, si jamais ton aspect odieux
» Non loin de ces vaisseaux vient fatiguer mes yeux,
» Tes bandeaux et ton sceptre, inutile défense,
» Ne t'empêcheront point d'expier cette offense.
» Pour ta fille, à tes vœux je ne la rendrai pas ;
» Loin des champs paternels j'entraînerai ses pas ;
» Son destin dans Argos doit être l'esclavage,
» Les fuseaux son emploi, ma couche son partage ;
» Les Dieux l'ont condamnée à vieillir dans mes fers.
» Mais toi, fuis mes regards, si tes jours te sont chers,
» Fuis. » Chrysès obéit à sa voix menaçante ;
Sur les bords où frémit la mer retentissante,
Silencieux, il marche, et tout à son courroux,
D'Apollon sur la Grèce il appelle les coups :
« Dieu de Chrysa, de Smynthe, exauce ma prière !
» O toi dont l'arc puissant, roi de la terre entière,
» S'étend sur Ténédos et protège Cilla,
» Dans ton temple jamais si mon encens brûla,
» Si le sang des taureaux, si le sang des génisses
» Rougit en ton honneur l'autel des sacrifices,
» Venge-moi ; que tes traits, messagers de douleurs,
» Fassent payer aux Grecs mon injure et mes pleurs ! »

Il dit. Le Dieu, fidèle au vœu de sa vengeance,
De la céleste voûte impatient s'élance,
Il vole : dans ses mains brille un arc ennemi,
Et du carquois tremblant les flèches ont frémi.
Entouré d'un nuage, il s'avance invisible,
S'assied loin des vaisseaux, et tend l'arc invincible ;
Mais bientôt un trait part, fend l'air, et les coursiers
Sous l'homicide trait expirent les premiers.
Frappés des mêmes coups, chefs, soldats, tout succombe ;
La flamme des bûchers s'allume sur leur tombe.

Déjà pendant neuf jours, sur le camp désolé
De l'implacable Dieu les flèches ont volé.

Mais quand brillent les feux de la dixième aurore,
Inspiré par Junon, dont la pitié déplore,
Tant de héros plongés dans la nuit du trépas,
Le fier Achille ainsi parle à tous les soldats :
« Eh bien ! il faut donc fuir une plage ennemie !
» Il faut donc fuir vaincus et chargés d'infamie !
» Apollon et Bellonne, ensemble déchaînés,
» Dans l'abîme à grands pas nous ont tous entraînés....
» Mais un rayon d'espoir luit encor pour la Grèce.
» D'un habile devin consultons la sagesse ;
» Il nous dévoilera le sens mystérieux
» De ces songes, enfans du souverain des Cieux.
» Bravons-nous Apollon ? méprisons-nous son culte ?
» Sur ses autels sacrés s'il se plaint qu'on l'insulte,
» Puisse-t-il, apaisé par le sang des taureaux,
» Repousser loin de nous la peste et ses fléaux ! »

Le héros s'est assis ; mais à peine il achève,
Calchas, fils de Thestor, parmi les Grecs se lève ;
Calchas, qui d'un coup d'œil embrasse tour à tour
Ce qui n'est plus déjà, ce qui doit être un jour.
Des volontés du Ciel interprète suprême
Et dans son art instruit par Apollon lui-même,
Vers ces lointains climats, c'est lui qui sur les eaux
Des enfans de la Grèce a conduit les vaisseaux.
« Noble Achille, a-t-il dit, tu demandes quel crime
» Du courroux d'Apollon rend la Grèce victime,
» Eh bien, je parlerai ; mais assure à Calchas
» Et l'appui de ta voix et l'appui de ton bras.
» Agamemnon, des Grecs et le chef et le maître,

» D'un sincère discours s'offensera peut-être.
» Des princes irrités je crains trop le courroux,
» Leurs victimes jamais n'échappent à leurs coups;
» La vengeance, qui vit dans leur ame ulcérée,
» N'en éclate que mieux pour être différée ;
» Mais dis : puis-je compter sur ton noble secours? »

« Va, répond le héros, ne crains rien pour tes jours;
» J'en atteste le Dieu qui te parle et t'inspire,
» J'en atteste Apollon, tant qu'Achille respire,
» Calchas vivra, les Grecs s'efforceront en vain
» De porter sur sa tête une coupable main.
» Malgré tout son pouvoir, Atride même, Atride
» Respectera des jours que protége OEacide. »

« Peuples, réplique alors l'augure encouragé,
» Phœbus ne venge pas son pouvoir outragé.
» Aux présens de Chrysès, à sa douleur plaintive
» Le fier Agamemnon refuse sa captive,
» Et le Dieu, trop sévère en son ressentiment,
» D'un tel forfait sur nous poursuit le châtiment.
» Ce bras qui nous punît doit nous punir encore.
» Mais éteignons les feux du mal qui nous dévore;
» Que cette vierge enfin, libre de nœuds cruels,
» Revole sans rançon dans les bras paternels,
» Et qu'aux bords de Chrysa, notre humble sacrifice
» D'Apollon irrité nous fasse un Dieu propice. »

En achevant ces mots, il s'assied et soudain
Le roi des rois se lève : un superbe dédain
A trahi le courroux renfermé dans son ame,
Et son œil étincelle, émule de la flamme :
« Misérable Devin, audacieux vieillard, »

Dit-il, en lui lançant un sinistre regard ,

« Faut-il incessamment que ta voix importune
» Aux Grecs épouvantés présage l'infortune ?
» Ton oracle est toujours un oracle odieux.
» Aujourd'hui même encor tu fais parler les Dieux :
» C'est moi qui sur l'armée attire leur colère,
» C'est moi qui devais rendre une fille à son père.
» Que ne peut-elle hélas ! me suivre en mon palais !
» Clytemnestre elle-même eut pour moi moins d'attraits
» Le jour où vierge encore, un royal hyménée
» Au sort d'Agamemnon unit sa destinée.
» J'adore Chryséis : le Ciel dans sa bonté
» Lui prodigua l'esprit , les talens , la beauté :
» N'importe, je consens qu'elle me soit ravie.
» Le salut de mon peuple est ma plus chère envie ;
» Mais seul de tous les Grecs, je ne dois pas souffrir
» Qu'on m'enlève le bien que j'ai su conquérir ;
» Quand je perds tant d'attraits, qu'une autre récompense,
» Consolant mon amour, honore ma vaillance. »

« O de tous les mortels le plus ambitieux,
» Roi superbe, s'écrie Achille furieux ,
» Tu veux un prix nouveau, mais en vain tu l'espères.
» Ce glorieux butin des villes étrangères,
» Ces esclaves nombreux, ces vastes monceaux d'or,
» Partagés une fois, doivent-ils l'être encor?
» Non, obéis au Ciel, lorsque le Ciel commande;
» Rends Chryséis au Dieu qui te la redemande.
» Si jamais Jupiter à la destruction
» Condamne les remparts du superbe Ilion ,
» Les Grecs alors, les Grecs paîront avec usure
» Ce sacrifice heureux dont ton orgueil murmure. »

Atride en a frémi : « Téméraire guerrier,
» Par d'insolens discours ne crois pas m'effrayer.
» Malgré le sang des Dieux qui coule dans tes veines,
» Agamemnon se rit de tes menaces vaines.
» Va, j'ai lu dans ton cœur, perfide, tu voudrais
» Me voir privé d'un bien dont toi seul jouirais ;
» Tu m'imposes la loi de rendre ma captive.
» A ce pénible effort pour que mon cœur souscrive,
» Il faudra que les Grecs me décernent un prix
» Digne de ces travaux pour leur gloire entrepris,
» Ou je me vengerai d'un refus inutile
» Sur l'amante d'Ajax ou d'Ulysse ou d'Achille :
» Oui, j'irai de leurs bras moi-même l'enlever,
» Et malheur au mortel qui m'osera braver !
» D'autres soins toutefois réclament ma pensée.
» D'un vaisseau sur les mers que la poupe lancée
» Emporte Chryséis et nos dons supplians ;
» Sachons remplir du Ciel les vœux impatiens ;
» Qu'un illustre guerrier préside au sacrifice,
» Idoménée, Ajax, ou le divin Ulysse,
» Ou toi-même, des Grecs toi le plus orgueilleux,
» Et puisses-tu fléchir la colère des dieux ! »

Mais Achille sur lui jette un regard terrible :
« Tyran au cœur avare, à l'orgueil inflexible,
» Sous ton sceptre de fer qui retient tes soldats ?
» Dociles à ta voix, nous marchons aux combats ;
» Mais quel crime si grand provoque ma furie ?
» Ai-je vu le Troyen, vainqueur de ma patrie,
» Ou désoler mes champs, ou ravir mes troupeaux ?
» A-t-il franchi jamais et les monts et les flots
» Dont l'obstacle éternel tous les deux nous sépare ?

» Quoi ! jusque sur ces bords nous te suivons, barbare !
» Rassemblés pour ta cause, armés pour Ménélas,
» Nous vous servons tous deux et servons deux ingrats !
» Et tu prétends m'ôter l'unique récompense
» Dont les fils de la Grèce ont payé ma constance !
» Quand mon fer te soumet les cités du Troyen,
» Ton butin est toujours plus riche que le mien ;
» Pour toi sont les trésors au moment du partage,
» Pour moi sont les dangers au moment du carnage,
» Heureux si quelquefois j'emporte en mes vaisseaux
» Le prix le plus léger des plus hardis travaux.
» Mais puisqu'ici je vois ma vaillance avilie,
» C'en est fait, je revole aux champs de Thessalie ;
» Adieu ! n'espère plus conquérir sur ces bords
» Une gloire nouvelle ou de nouveaux trésors. »

« Eh bien fuis, si tel est le désir de ton ame ;
» Fuis, dit Agamemnon ; pour renverser Pergame
» Ne me reste-t-il pas et les Grecs et les Dieux ?
» Toi seul de tous les rois m'es le plus odieux.
» Tu n'as qu'un vœu, la guerre, et qu'un but, la vengeance,
» Et pourtant c'est au ciel que tu dois ta vaillance.
» Fuis, je ne retiens plus ni tes guerriers ni toi ;
» Cours à tes Myrmidons dicter encor la loi.
» Eh que m'importe Achille et sa fureur oisive ?
» Apollon en ce jour me reprend ma captive ;
» Sur un de mes vaisseaux Chryséis doit partir.
» Mais ce bras va bientôt sur toi s'appesantir.
» J'irai, j'irai moi-même, au mépris de ta rage,
» T'enlever Briséis, le prix de ton courage.
» Tremble, fier ennemi ! Tu sentiras combien
» Ce pouvoir qu'on méprise est au-dessus du tien,

» Et mes sujets, déchus d'une vaine espérance,
» N'oseront plus marcher mes égaux en puissance. »

Achille est furieux, il balance, incertain
S'il doit, aux yeux des Grecs et le fer à la main,
Laver un tel affront dans le sang du perfide,
Ou s'il enchaînera ce transport homicide.
Il cède à son courroux; déjà le glaive a lui,
Le glaive va frapper, quand Pallas jusqu'à lui
Descend du haut des airs : c'est Junon qui l'envoie,
Junon qui, pour tous deux à la terreur en proie,
De leurs débats naissans veut enchaîner l'essor.
La Déesse aussitôt saisit ses cheveux d'or,
S'arrête sur ses pas, et, pour tous invisible,
Roule dans ses regards une flamme terrible.
Achille épouvanté se retourne, et ses yeux
Ont soudain reconnu l'habitante des cieux.
« Fille du roi puissant qui fait briller l'Égide,
» Viens-tu voir et ma honte et les fureurs d'Atride?
» Mais il va payer cher ce vain emportement;
» J'ai juré son trépas, je tiendrai mon serment. »

« Arrête, dit Pallas; c'est Junon qui t'ordonne
» D'étouffer le courroux où ton cœur s'abandonne.
» Obéis : loin de toi ces transports inhumains !
» Que ce fer menaçant reste oisif en tes mains.
» Exhale ta colère en plaintes, en murmures :
» Crois-moi, Pallas, un jour, réparant tant d'injures,
» Te comblera de biens trois fois plus précieux :
» Mais commande à ton cœur, cède à la voix des Cieux. »

« Oui, répond le guerrier, je cède et dans mon ame
» De mon courroux vaincu s'éteint déjà la flamme.

» Qui veut l'appui du ciel, ne lui résiste pas. »

Il a dit ; et, fidèle aux ordres de Pallas,
Dans sa prison d'argent il repousse son glaive.
Sur les ailes des vents la Déesse s'enlève,
Et remonte bientôt, en son vol radieux,
A l'immortel palais, vaste séjour des Dieux.

A. BIGNAN.

CHANT
DE GUERRE SCANDINAVE.

MANES sacrés des héros scandinaves,
Excitez-nous à briser nos entraves !

Nobles guerriers, illustres fils d'Odin,
Quoi ! sans frémir, vous mordez la poussière !
Quoi ! chaque jour, dans sa démarche altière,
Votre ennemi vous foule avec dédain !
Levez ces fronts trahis par la victoire ;
Et, désormais défiant le danger,
Ressaisissez le glaive de la gloire
Pour en punir le féroce étranger !

Mânes sacrés des héros scandinaves,
Excitez-nous à briser nos entraves !

Assez long-temps le farouche Danois
Nous tint courbés sous un sceptre homicide ;
Assez long-temps cet ennemi perfide
Nous a ravi le fruit de nos exploits.
Champs désolés de la Scandinavie,
Rochers déserts que la neige a blanchis,
Le jour approche où, libres d'infamie,
De ses fureurs vous serez affranchis.

Mânes sacrés des héros scandinaves,
Excitez-nous à briser nos entraves !

Je cherche en vain, sous ces tristes lambris,
Les monumens qu'avaient conquis nos armes :
Dans ces palais arrosés de nos larmes,
Mon œil partout ne voit que des débris.
Et nous pourrions, dans ces honteuses chaînes,
Traîner des jours d'honneur déshérités !
Nous, qui jadis, sur des plages lointaines,
Dictions des lois aux rois épouvantés !

Mânes sacrés des héros scandinaves,
Excitez-nous à briser nos entraves !

Naguère encor, tout plein de nos travaux,
Le monde entier redisait notre gloire ;
Nos chefs fameux, conduits par la victoire,
Se couronnaient du laurier des héros ;
Mais, partageant notre douleur profonde,
Depuis le jour de nos sanglans revers,
La renommée est muette, et le monde
N'est plus frappé que du bruit de nos fers...

Mânes sacrés des héros scandinaves,
Excitez-nous à briser nos entraves!

Je vous connais, magnanimes guerriers,
Les coups du sort ne sauraient vous abattre :
Le grand Odin avec nous va combattre,
Il guidera vos courages altiers.
Si parmi nous il existait un traître
Qui du Danois secondât les projets,
Que sans pitié sur le corps de son maître
Il soit par vous percé de mille traits!

Mânes sacrés des héros scandinaves,
Excitez-nous à briser nos entraves!

Auguste MOUFLE.

L'INSPIRATION

AU TOMBEAU DU POÈTE.

Lorsqu'aux champs de l'Alsace, un Phidias nouveau
Du héros de Lawfeltt éleva le tombeau,
Deux soldats qui, long-temps attachés à sa gloire,
Avaient suivi Maurice aux champs de la victoire,
Près de ce monument s'arrêtent, et leurs yeux
Contemplent du guerrier les restes glorieux;

T. I.   10

De nobles souvenirs leur mémoire est frappée,
Ils s'enflamment tous deux, et tirant leur épée,
L'aiguisent, pour cueillir les palmes de l'honneur,
Sur le marbre qui touche aux cendres d'un vainqueur,
O sublimes pensers! Dans leur âme guerrière
La valeur de Maurice a passé tout entière,
La mort perd son pouvoir, et du fond des tombeaux
Le héros qui n'est plus fait encor des héros.

Telle encor retentit sur la tombe éloquente
D'un enfant des neuf Sœurs la voix toujours vivante;
Son nom y semble encore et plus grand et plus beau.
Rien n'y combat sa gloire; à l'ombre du tombeau,
N'étant plus écrasé par le pied de l'envie
Fleurit plus éclatant le laurier du génie.
Notre ame s'agrandit près du séjour dernier
D'un homme dont la gloire est dans le monde entier.
Souvent nous nous plaisons encore à lui redire
Quelques-uns de ces vers qu'il chanta sur sa lyre;
Et si nous voulons même essayer des accords,
Il semble, dans l'ardeur de nos brûlans transports,
Que ce marbre, brillant d'une gloire immortelle,
Fait du feu créateur jaillir quelque étincelle;
Le poëte est présent, il m'inspire, et je croi
Que son génie éteint se rallume dans moi.

Dans les plaines de Smyrne, une grotte sacrée,
D'où le Melès tirait son onde révérée,
Fut, dit-on, le témoin des sublimes travaux
D'Homère célébrant les Dieux et les héros.
Consacrant à jamais cette noble retraite
Près de là s'élevait le tombeau du poëte.
Homère, avec l'éclat de la Divinité,

Sous l'image d'un fleuve était représenté,
Et cent fleuves, autour de sa source féconde,
Remplissaient à l'envi leurs urnes dans son onde.

Plein de pensers de gloire et d'immortalité
Le peuple entier, un jour, avec solennité,
En foule environnant le divin sanctuaire,
Célébrait le retour de la fête d'Homère.
Ce jour, qu'embellissaient de si grands souvenirs,
Était pour tous un jour d'ivresse et de plaisirs ;·
Les vers, les vers si beaux, si riches d'harmonie
Qu'en ces lieux du Poëte enfanta le génie,
Tous en ces lieux encor viennent les réciter
Et l'écho de la grotte aime à les répéter.
On chantait de Pallas l'épouvantable Égide
Qui portait avec elle et la Rage homicide,
Et l'aveugle Discorde, et la pâle Terreur,
Et l'affreuse Gorgone aux regards pleins d'horreur (*).
On chantait de Vénus la ceinture charmante
D'où s'échappe à la fois la Grâce séduisante,
La flamme de l'amour, la fougue des désirs,
Le charme du langage et l'attrait des plaisirs (**).

L'essaim vif et léger des vierges fugitives
De myrtes, en dansant, couronnait les convives;
Bientôt rempli du feu des vins de l'Archipel
Chacun d'eux agitait le laurier immortel,
Et les libations, sur l'autel du génie,
Se versaient en l'honneur des Nymphes d'Aonie.

(*) *Iliad.*, liv. 5, v. 738.
(**) *Ibid*, liv. 14, v. 215.

De ce noble appareil chacun est transporté,
Par chacun à l'envi le Poëte est vanté ;
Mais quel sera celui dont la mâle éloquence
Dans ces bruyans transports forcera le silence,
Du peuple entier sur lui fixera les regards
Et chantera le Dieu du génie et des arts,
Osant enfin, auprès de l'ombre du Poëte,
Des sentimens de tous se rendre l'interprète ?

Sur les pas de l'autel nul ne s'est présenté,
Et ce noble devoir semble être redouté ;
De la solennité l'imposant caractère,
Et l'aspect de la grotte et le grand nom d'Homère,
Et l'attente surtout de ses adorateurs,
Tout avait enchaîné la voix des orateurs.

Cependant, quand la foule est encore incertaine,
Un Sage de Naxos, que le hasard amène,
Paraît, et sur ses pas se pressent à l'instant
Les flots tumultueux du peuple impatient.
« C'est lui qu'ont envoyé les Nymphes d'Aonie
» Pour chanter en ce jour la gloire et le génie,
» Et c'est lui seul qui peut, orateur inspiré,
» Prononcer dignement l'éloge désiré ;
» C'est lui qu'ont envoyé les Nymphes d'Aonie,
» C'est lui qui va louer Homère et son génie. »

De l'honneur que lui rend tout un peuple empressé
L'étranger est surpris autant qu'embarrassé.
Sans avoir médité ni préparé d'avance
La marche, les élans, le vol de l'éloquence,
Pouvait-il espérer d'atteindre en un moment

Les sublimes hauteurs d'un sujet aussi grand ?
Mais pourtant à leurs vœux pourra-t-il se soustraire ?
Restera-t-il muet quand on parle d'Homère ?
Le spectacle imposant de ce peuple enivré,
L'appareil de grandeur dont il est entouré,
Tout l'émeut ; au tombeau lentement il s'avance,
Et devant la statue il médite en silence.
Puis touchant des deux mains le marbre inspirateur,
D'une subite ivresse il sent battre son cœur,
S on cœur que du Poëte échauffe la présence.
Mille traits de lumière, éclairs de l'éloquence,
A ses vastes pensers se présentent soudain ;
Le transport qui l'agite est un transport divin,
Homère tout entier remplit son ame entière,
C'est un besoin pour lui que de chanter Homère.
Bientôt alors, semblable au ministre d'un Dieu,
Fixant sur la statue un regard plein de feu,
Il parle ; en son discours, de l'astre du Poëte
Chacun a reconnu l'influence secrète,
Et chacun applaudit de la voix et du cœur.
Il parle, et l'on dirait, à voir sa noble ardeur,
Qu'Homère, secondant le transport qui l'enflamme,
Lui prête son génie et sa voix et son ame.

O pouvoir des tombeaux ! mais hélas ! ô regrets !
J'osai le célébrer sans l'éprouver jamais.
Qu'ai-je dit? ô mon maître ! ô grand homme ! ô Delille !
J'ai semé quelques fleurs sur ton dernier asile.
Ces vers même, j'osai les chanter près de toi
Et s'ils ont quelque charme à toi seul je le doi.
Mais qui me conduira sous le ciel d'Ausonie ?

Quand verrai-je cés champs, sol natal du génie ?
Sur les prés de Tibur quand pourrai-je m'asseoir ?
Toi surtout, Pausylippe, un jour dois-je te voir ?
Irai-je, irai-je enfin sous ta grotte tranquille
Demander des beaux vers aux mânes de Virgile ?
Comme je jouirais du bonheur d'admirer !
Quiconque aime la gloire a droit de l'espérer :
Voyez-vous ce guerrier, aux champs de la vaillance
S'élancer en idée et vaincre en espérance,
S'il voit sur un tombeau flotter un étendart,
C'est un héros futur ; César ne fut César
Qu'après ces pleurs fameux que lui firent répandre
Les conquêtes, le nom, le tombeau d'Alexandre.

Charles RAISON.

HYMNE A VÉNUS.

(TRADUIT DE SAPHO.)

FILLE de Jupiter, ô toi qui des amans
Abuses tour à tour et couronnes la flamme,
Des terreurs de l'amour, de ses affreux tourmens,
   Vénus! daigne affranchir mon ame.

Un ascendant vainqueur m'enchaîne sous tes loix :
Viens, prête à ma faiblesse un appui tutélaire,
Viens, telle que jadis tu quittas à ma voix
    L'éternelle cour de ton père.

Léger comme Zéphir, brillant comme l'éclair,
Ton char, que précédaient tes colombes fidèles,
Te porta jusqu'à moi dans les plaines de l'air,
    Balancé sur leurs jeunes ailes.

Mais le couple s'enfuit ; un sourire divin
Reposait mollement sur tes lèvres de rose,
Et des tourmens secrets qui déchiraient mon sein
    Ta voix me demandait la cause.

« Mortelle, qui des dieux invoques le pouvoir,
» Pourquoi, me disais-tu, ces terreurs et ces larmes ?
» Quel perfide a conçu le téméraire espoir
    » De braver l'amour et tes charmes ?

» Si ton parjure amant échappe à tes liens,
» Il te rendra bientôt sa tendresse constante :
» S'il méprise tes dons, il t'offrira les siens,
    » Tu redeviendras son amante. »

Je trouvai le bonheur aux accens de ta voix,
Hélas ! je l'ai perdu : viens me le rendre encore,
Déesse ! viens calmer une seconde fois
    Le mal affreux qui me dévore.

                    A. B.

L'ARBRE DE SOIXANTE ANS.

IDYLLE.

Honneur de la forêt, charme de la vallée,
    Un arbre chéri, respecté,
    Étendait avec majesté
Sur les bois d'alentour son épaisse feuillée.
    Il avait vu plus d'un printemps,
    Plus d'un beau jour, plus d'un orage ;
    Mais, malgré les efforts du temps,
    Plein de la sève du jeune âge,
    Ses rameaux vigoureux et verts
Défiaient les autans et trompaient les hivers.
    Il était l'amour du village,
Le rendez-vous des jeux, le confident du sage.
    Peines de cœur, ennuis secrets,
    Espoir, malheurs, plaisirs, regrets,
    Tu savais tout, discret feuillage,
    Et tu ne trahis rien jamais...
    Aussi tous aimaient ton ombrage ;
L'enfance le cherchait : il couvrait ses ébats,
Ses plaisirs turbulens, ses précoces combats...
    Que de fois la simple innocence

Auprès de lui laissa s'exhaler de son cœur
Ses chagrins sans remords, sa naïve espérance,
Et ses premiers tourmens, et son premier bonheur !....
　　Combien de fois, guidés par la prudence,
　　　　Deux vrais amis, qui de moitié
Confondaient leur douleur, leur joie ou leur souffrance,
　　Seuls avec lui, seuls avec l'amitié,
Sans craindre les échos et sûrs de son silence,
　　　　Y sont venus se parler tour à tour,
　　　　Dans une douce indépendance,
De gloire, de plaisirs, de travaux et d'amour !
　　　　Que de fois, battus par l'orage,
　　　　J'ai vu le faible passereau
　　　　Et le timide tourtereau
Y trouver un abri, bien plus sûr qu'au bocage !
　　　　Combien de fois, trompant l'effort
　　　　Du vautour aux serres cruelles,
　　　　L'ai-je vu ravir à la mort
　　　　De trop sensibles colombelles !...

　　　　A ton tour enfin, sois heureux,
Arbre chéri, consacre notre hommage,
　　　　Et remplis nos plus tendres vœux.
　　　　Salut et respect à ton âge !
　　　　Conserve-toi pour nos neveux,
　　　　Et reçois ici du village,
　　　　Pour prix de tes soins généreux,
　　　　Le nom d'Arbre des malheureux,
Des vrais amis, des enfans et du sage.

　　　　　　　　Auguste de M****.

CORINNE.

CHANT ÉLÉGIAQUE.

(Dédié à miss CHARLOTTE W......, et traduit par elle en anglais.)

VIT-ELLE encor la flamme du génie ?
Comme autrefois la lyre des amans
Est-elle encor docile à l'harmonie ?
Le ciel d'azur de la belle Italie
Va-t-il encore inspirer mes accens ?

Il ne vit plus le feu de mon génie ;
Mon luth échappe à mes tremblantes mains.
Non, pour Corinne il n'est plus d'harmonie,
Mon cœur s'égare en des climats lointains ;
Non, pour Corinne il n'est plus de patrie.

Noble Morven, je cherche, en ma folie,
Les noirs brouillards de tes sombres forêts ;
Je les demande au Ciel de ma patrie,
Et malgré moi la lyre d'Ausonie
Redit les chants des Bardes écossais.

Il fut un jour... sur un char de victoire,
Ivre à la fois et de gloire et d'amour,
Corinne allait au Temple de Mémoire ;
Pour mon amour ainsi que pour ma gloire,
Tu n'es donc plus, bonheur du premier jour !

Espoir trompeur, flatteuse jouissance,
Que me veux-tu, pourquoi me ranimer ?
Ah ! dans ce cœur qu'affaiblit la souffrance,
Déjà l'amour éteignit l'espérance,
Pourquoi l'amour vient-il la rallumer ?

Il revivra le feu de mon génie,
Le luth d'amour qui se tait maintenant
Retrouvera les sons de l'harmonie ;
Dans tous les lieux qu'habite son amant
L'amante encor trouvera sa patrie.

CHARLES.

TRADUCTION

D'UN MORCEAU DE CATULLE.

A JUVENCIE.

J'osai te dérober au milieu de nos jeux,
　　Aimable et belle Juvencie,
　　Un baiser plus délicieux

Que le miel le plus pur, plus doux que l'ambroisie ;
     Mais qu'il m'en a coûté, grands dieux !
A quel supplice affreux ta rigueur inflexible
Livra pendant une heure un amant trop sensible !
Mes excuses, mes pleurs, rien ne put t'apaiser.
A peine eus-je ravi ce coupable baiser
Que ta main essuya tes lèvres humectées,
     Comme si d'un reptile impur
     Le soufle les eût infectées...
Enfin tout ce qu'Amour fait sentir de plus dur,
Rebuts, cruels mépris, pour venger cet outrage,
Depuis ce jour fatal tu mets tout en usage,
Tu changes en poison le nectar le plus doux...
     Va, cesse de craindre, inhumaine,
Que j'ose désormais, affrontant ton courroux,
Te ravir des baisers payés par tant de peine.

Le Marquis de VALADOUS.

L'ARABE AU RENDEZ-VOUS.

ROMANCE.

Pour te revoir, ma bien-aimée,
Au rendez-vous accoutumé,
J'ai quitté la plaine embaumée

Et l'arbre d'encens parfumé.
Au désert j'ai laissé sans guide
Errer mes rapides coursiers ;
Et j'attends en vain Zobéïde
A la fontaine des Palmiers.

Vierge à la prunelle azurée,
Vers moi ne reviendras-tu pas ?
Autrefois d'amour altérée
Tu devançais toujours mes pas.
Mais, déjà de son aile humide
La nuit ferme l'œil des guerriers ;
Seul je veille pour Zobéïde
A la fontaine des Palmiers.

Je n'entends au loin dans la plaine
Que le bruit des brises du soir :
Triste, je m'assieds sur l'arène ;
Par degrés s'éteint mon espoir.
Ah ! reviens, gazelle timide,
Sous ces arbres hospitaliers,
Ou je meurs loin de Zobéïde,
A la fontaine des Palmiers.

L. D. L. Audiffret.

PENSÉE DE LA ROCHEFOUCAULT.

Dame Vertu souvent faiblirait en chemin
Si dame Vanité ne lui donnait la main.

VERS

ADRESSÉS A M..., LE PREMIER JOUR DE L'AN 1819.

Du nouvel an qui vient d'éclore
Aussitôt que més yeux ont vu briller l'aurore,
　　Pour Damis invoquant les Dieux,
J'ai chargé les autels d'offrandes et de vœux.
De ce devoir si doux à ma reconnaissance
　　Je m'étais à peine acquitté,
　　Quand la chaste divinité
　　Qui préside à notre naissance,
Lucine enfin m'a tenu ce discours :
　　« Ne forme plus des vœux stériles ;
　　» A tes prières inutiles
　　» Les Dieux désormais seront sourds ;
　　» N'attends plus d'eux aucun secours.
　» Chacun sans doute à Damis s'intéresse,
　» Mais (de l'aveu ne sois pas étonné)
　» A ce héros, objet de leur tendresse,
» Ils ne donnent plus rien, pour avoir trop donné.
» Écoute ; il tient du sort une illustre origine ;
　　» Nourri sur la double colline,
» Des plus rares talens les Muses l'ont doté ;
» Plutus penche sur lui sa corne d'abondance ;
　　» Mars lui donna ce courage indompté
　　» Que les périls n'ont jamais arrêté ;
　　» Le fils de Maya, l'éloquence ;
» Vénus, le don charmant de plaire à la beauté ;
» Minerve, la sagesse, et Thémis, l'équité ;

» Des rangs et des honneurs en faisant le partage,
    » Jupiter l'a fort bien traité ;
» Enfin, pour compléter ici-bas l'apanage
    » De ce héros, aimé des Cieux,
» Et l'Amour et l'Hymen ont comblé tous ses vœux
    » Par le don d'une jeune épouse,
» Qui rend de ses attraits Vénus même jalouse ;
    » Après tant de bienfaits les Dieux
    » N'ont plus sur lui de faveurs à répandre ;
» Ils sont tous épuisés, tu n'en dois rien attendre.
    » A son bonheur je puis seule ajouter ;
» Je n'ai rien fait encor pour ce héros aimable ;
    » Je veux, enfin, pour lui faire éclater
» Le pouvoir que me donne un destin favorable.
    » Va le trouver, qu'il apprenne de toi
» Que ses vœux les plus doux sont venus jusqu'à moi,
    » Et que bientôt sa race illustre
    » Revivra dans un rejeton,
» Héritier de sa gloire, et qui d'un si beau nom
» Par de hauts faits encor doit rehausser le lustre. »

J. DE LA MONTAGNE.
ancien commissaire de marine.

PETIT DIALOGUE

ENTRE UN POÈTE ET UN ÉDITEUR.

LE POÈTE.

TRÈS-HUMBLE serviteur ; je venais vous offrir
Quelques vers innocens pour l'Almanach des Muses.

L'ÉDITEUR.

C'est un peu tard , monsieur : recevez mes excuses.

LE POETE.

Mais lisez, s'il vous plaît.

L'ÉDITEUR.

Je n'ai pas le loisir.

LE POETE.

Mais encore une fois, cette épître est jolie ,
Pleine de sentiment, d'esprit et de bon ton.

L'ÉDITEUR.

Hé bien , monsieur, donnez...

LE POETE.

Ah ! je vous remercie.

L'ÉDITEUR, *lisant.*

Hai, hai !

LE POETE.

Qu'est-ce à dire ?

L'ÉDITEUR.

Hai! ce début n'est pas bon :
Je suis vieux maintenant , s'il faut que je le dise ;
Quand les vers sont mauvais (admirez ma franchise)
Mon ame s'en offense , et mes nerfs irrités
Souffrent cruellement d'être ainsi tourmentés.

LE POETE.

En ce cas-là demain vous en recevrez d'autres ;
Mais pour vos pauvres nerfs, ne lisez plus les vôtres.

L. D. ÉMÉRIC.

LA MANIE

DE PLAIRE A TOUT LE MONDE.

FRAGMENT D'UNE COMÉDIE INÉDITE.

> Est bien fou du cerveau
> Qui voudrait contenter tout le monde et son père.
> *(Fab. du Meunier, son fils et l'âne.*

(Nous avons cru pouvoir soumettre au public ce frag-
ment , début d'une comédie, parce qu'il renferme la
peinture d'un caractère qui n'a point encore été essayé
au théâtre , et qui , peut-être , donnerait lieu à quel-
ques situations dramatiques, quoiqu'il ne consiste ,
pour ainsi dire, que dans une privation de tout carac-
tère. — La scène se passe dans une maison de cam-
pagne aux environs de Paris. Au lever du rideau ,
Dolmart , jeune homme du jour, est occupé à lire au-
près d'une bibliothèque. — Vincent, domestique ,
range des papiers sur un bureau.)

DOLMART.

Oui, vive la campagne, en dépit de la ville ,
Vive l'homme des champs que nous vante Delille !

L'homme des champs ! déjà, j'en suis un à peu près :
Je vis en ce séjour comme on vit au Marais,
Et voué tout entier à la simple nature,
D'un mari campagnard j'ai déjà la tournure.

(*Se levant et apercevant Vincent.*)

Eh bien ! monsieur Norvert n'est donc pas de retour ?

VINCENT.

Tout à le recevoir se prépare en ce jour ;
Mais il n'est pas venu.

DOLMART.

Comment donc ?

VINCENT.

Ces notaires
Sont toujours retenus par des milliers d'affaires ;
Et lui surtout, il vole au-devant des retards ;
Il n'a pas le talent d'esquiver les bavards,
Et se laisse ennuyer, de l'air le plus aimable.

DOLMART.

Tant de longueurs enfin devient insupportable.

VINCENT.

Ah ! qu'il me tarde aussi de le voir aujourd'hui !

DOLMART.

Tu l'aimes donc bien ?

VINCENT.

Non, mais j'ai besoin de lui.
Madame s'est permis de me mettre à la porte ;

Elle a fort tempêté, fort menacé ; n'importe,
Riant de ses grands mots, j'ai su lui résister,
Et, ferme comme un roc, n'ai pas craint de rester.
Mais pour me maintenir, je sens, dans cette affaire,
Que le retour du maître est assez nécessaire.

DOLMART.

Oui, mais prends garde aussi, Monsieur en revenant
Pourrait bien approuver, époux obéissant,
L'arrêt d'exclusion prononcé par Madame.

VINCENT.

Quelque soumis qu'il soit aux ordres de sa femme,
Il n'approuvera pas l'arrêt d'exclusion.

DOLMART.

Qui peut justifier tant de présomption?
Il t'est donc attaché ?

VINCENT.

       Pas du tout, au contraire ;
Mais c'est un grand effort pour lui que la colère,
Pour son esprit craintif le plus mortel ennui
Est de savoir qu'un homme a mal parlé de lui.
Ménager tout le monde est son étude unique.

DOLMART.
Serais-tu médisant?

VINCENT.

      Non, je suis domestique,
Mais si de plus, j'étais domestique chassé.....
Aussi jamais Monsieur ne m'a-t-il menacé ;
Je pourrais le voler, et j'en ai l'assurance,

Non pour en avoir fait encor l'expérience,
Il me saurait voleur, craignant de m'offenser,
Il n'oserait peut-être encore me chasser.
À quitter un tel maître on a bien de la peine,
Trouve-t-on tous les jours une pareille aubaine ?
Monsieur au poids de l'or achète ses vertus ;
Son amabilité lui coûte cent écus ;
Il nous paie à chacun tant pour notre éloquence,
Et, ce qui nous vaut mieux, tant pour notre silence ;
Il a si peur de nous enfin, que ses laquais
Spéculaient autrefois jusque sur ses soufflets.
Madame vient. J'ai trop sujet de lui déplaire,
Et ce n'est pas au moins le même caractère.

(*Il sort*).

MADAME NORVERT, DOLMART.

DOLMART.

Vous me voyez, madame, exact au rendez-vous.
Depuis une heure ici, j'attends le cher époux.

MADAME NORVERT.

Eh bien ! en l'attendant, nous causerons ensemble ;
Profitons du moment qui tous deux nous rassemble
Pour.. ; mais je crois, Dolmart, que depuis trop long-tems
Les retards de Norvert vous retiennent aux champs,
Sans doute de Paris vous regrettez les fêtes,
Et vos cercles brillans, vos plaisirs, vos conquêtes.

DOLMART.

Le moyen de souffrir Paris pendant l'été !
Plus de réunions, de plaisirs, de gaîté.

Quand tout est languissant ; tout est désert ; de grâce,
Que voulez-vous, madame, à Paris que l'on fasse.
Aux salons de lecture employer tout son temps
A ressasser journaux, brochures et romans,
Ou sottement oisif, dans quelque promenade,
Étaler en bâillant une mine maussade ?
Le beau plaisir ! d'honneur, lors même que l'amour
Ne me retiendrait pas, madame, en ce séjour,
Quand je n'attendrais pas cette heureuse journée
Qui doit à votre fille unir ma destinée,
Croyez qu'auprès de vous cent plaisirs réunis
M'empêcheraient toujours de regretter Paris.

MADAME NORVERT.

Enfin, de mon époux l'arrivée est prochaine,
Et j'espère.....

DOLMART.

Comment ! elle n'est pas certaine !

MADAME NORVERT.

Que le premier venu l'ait invité chez lui,
Il ne partira pas, je gage, d'aujourd'hui.
Toujours soumis, il cède à la moindre prière,
A ses propres dépens, malgré tout, il veut plaire ;
Enfin, esclave né des volontés d'autrui,
Fait tout pour tout le monde, et ne fait rien pour lui.
Il prodigue en tous lieux sa banale tendresse ;
Complimens, petits soins, saluts et politesse,
Ici même avec nous ne sait rien ménager,
Et jusqu'en sa maison a l'air d'un étranger.
Toujours aiguillonné par le besoin de plaire,
De celui qui lui parle il prend le caractère.

Est-il avec un fat? il a son air brillant,
Il sera comme lui léger et sémillant.
Une bégueule? il prend ses airs de pruderie.
Un bourgeois? il aura toute sa bonhomie;
Enfin, je le répète, il est tout dans autrui,
Il est ce que l'on est, et jamais il n'est lui.

DOLMART.

Fort bien, si ce portrait, madame, est véritable,
Il doit donc avec vous être toujours aimable.

MADAME NORVERT.

Pour moi, de ses efforts, je ne fais point grand cas.
Le plus sot caractère est de n'en avoir pas.
Girouette à tous vents, par sa faiblesse extrême,
Aux plus grands embarras il s'expose lui-même;
Dites noir, dites blanc, il est de votre avis,
Et les premiers venus sont ses anciens amis.
Un torrent d'importuns à toute heure l'inonde;
Enfin, il est, je crois, parrain de tout le monde.
Sans besoins, sans sujet, il prodigue son bien,
Refuser est un art auquel il n'entend rien.
Aussi, mon cher Dolmart, à vous parler sans feinte,
Sur nos projets futurs j'ai toujours quelque crainte.
Pour époux d'Eugénie, il se peut que Norvert
S'avise de choisir le cousin maître clerc.
Ce Charles lui plaît fort, il est de sa famille,
Il aurait à la fois son étude et sa fille....

DOLMART.

Quoi! le petit cousin a la prétention!...
Je ne lui croyais pas autant d'ambition.
Vous craignez! je n'ai pas la moindre inquiétude,

Je l'enverrai, ce clerc, au fond de son étude
Rédiger des contrats, et lui montrerai bien
Qu'il n'est pas temps encor qu'il s'occupe du sien.
Il a d'un maître clerc toute la suffisance,
Et son ton doucereux est plein d'impertinence.
Sous son air de froideur et de timidité,
Je vois du pédantisme et de la vanité,
Entretien sec et plat, froides plaisanteries,
De style de contrat abondamment nourries,
Croyez-vous que cela soit bien à redouter ?
S'il est dans un salon, il ne sait qu'écouter.
Parle-t-il ? il redit ce qu'a dit tout le monde.
Il semblerait vraiment qu'on le charge à la ronde
De traits et de bons mots pour sa provision,
Et qu'il a de l'esprit par procuration.

MADAME NORVERT.

Oui, mais de mon époux redoutez la faiblesse ;
Il eut toujours pour Charles un grand fonds de tendresse ;
Et Charles de sa fille étant fort amoureux,
Il croira faire ainsi le bonheur de tous deux.

DOLMART.

Vous savez qu'aujourd'hui c'est assez l'habitude,
On épouse bien moins la fille que l'étude ;
On feint la passion pour tromper les parens ;
Mais l'on n'est amoureux au fait que des clients.

MADAME NORVERT.

Au reste, mon époux ne vous a vu qu'à peine,
Tant mieux, la réussite en sera plus certaine.
Il craindra de se faire en vous un ennemi ;
Il ne vous connaît pas, vous serez son ami.

CHARLES.

PSAPHON ET LES CORBEAUX,

ou

LES SIFFLETS ET L'APOTHÉOSE.

FABLE LYBIENNE.

Indocti discant, et ament meminisse periti.

Dans mon printemps j'ai lu certaine histoire
Vraiment étrange et difficile à croire,
Dont tous les traits ont couleur de roman ;
La date en est de je ne sais quel an.
Sur le récit que je vais vous en faire
Vous jugerez, au reste, de l'affaire.

Jadis était au païs Lybien
Jeune homme honnête et vivant de son bien,
Nommé Psaphon, fils d'un très-digne père,
Marchand loyal et ci-devant corsaire ;
Puis sur sa fin, revêtu de l'emploi
Nommé dès-lors secrétaire du Roi.
Purifié, jusqu'en son origine,
Par la vertu de l'antique savon

Qui d'un vilain faisait un beau garçon,
Sans qu'il en eût pourtant meilleure mine ;
On le conçoit aisément ; le Psaphon
S'estimait plus que de race divine.
D'un marquisat, le meilleur du canton,
Il fit emplette, et se crut du grand ton.
La vanité le berçant de doux songes,
Le promenant par de riants sentiers,
Tout à travers le pays des mensonges,
Lui répétait que de seize quartiers
Il n'est besoin pour avoir de noblesse
Tant qu'il en faut, quand on a de l'espèce ;
Que de l'État si ses chers dévanciers
De leur vivant ne furent les premiers,
A tout leur fils avait droit de prétendre :
« Le Roi de moi pourrait faire son gendre
» Sans déroger ; son nom est plus ancien,
» Se disait-il, mais mon or vaut le sien.
» Je veux primer ; je veux que l'on me cite :
» J'ai de l'argent ; partant, j'ai du mérite.
» La Cour m'appelle : au Parnasse, je crois,
» Depuis long-temps on a besoin de moi.
» Allons briller à la Cour, au Parnasse,
» Et que la gloire y couronne l'audace. »

De telle sorte ayant réglé son plan,
L'auteur novice apprenti courtisan,
D'un financier en Cour porta les grâces ;
Et dans les lieux où, sous l'œil du pouvoir,
Le talent règle et les rangs et les places,
D'un financier il porta le savoir.
Quand à la Cour il montrait sa figure,

Lorsqu'au Parnasse il lâchait un ballot,
Chez les rieurs charmés de l'aventure,
Chorus n'était que : *Psaphon est un sot !*
La vanité, nous dit-on, n'y voit goutte :
C'est mon avis ; mais, aveugle en effet,
Elle n'est pas sourde aux coups de sifflet :
Il fallut bien enfin, coûte qui coûte,
Se dire un jour que ce bruit véhément
Du vœu public était le truchement.

Grand désarroi pour qui vise à la gloire !
Mais voici bien tout le pis de l'histoire :
Contre Psaphon le concert en plein vent
Fit telle fête au fluide élément
Où les oiseaux agitent leur nageoire,
Que de là-haut les savans emplumés
De ses revers furent tous informés.
Ce n'est pas tout : la cohorte criardé
Des noirs corbeaux, de scandale avant-garde,
Race de qui les affreux appétits
De sang, de morts veulent être assouvis,
Et dont le bec, aussi bien que la serre,
Comme aux défunts, aux vivans fait la guerre ;
Race odieuse à Phébus, à Cypris,
Les corbeaux donc, des régions hautaines
Ayant ouï les clameurs inhumaines
Qui sur sa route accompaguaient Psaphon,
Firent chorus ; et, dans tout le canton,
A droite, à gauche, en l'air comme sur terre,
De jour, de nuit, qu'il fît grêle ou tonnerre,
C'était à qui redirait le plus haut :
Psaphon, Psaphon est un sot, est un sot !

De ses pareils essuyer les injures,
Se voir par eux aux sifflets immolé,
C'est grand tourment et peine des plus dures ;
Mais être encor tympanisé, sifflé
Par des corbeaux, outre toute mesure,
C'est du destin éprouver les rigueurs,
Et les affronts, mortels pour les grands cœurs.
Aussi, Psaphon pendit au clou sa lyre,
Cessa d'aller en cour, comme d'écrire,
Et se tenant clos et couvert chez lui,
Tout à loisir dévorait son ennui.
Qu'en advint-il? les humains l'oublièrent.
Ne le voyant, d'autre chose ils parlèrent;
Mais des corbeaux le cortége maudit
Du sobriquet souvenir ne perdit ;
Et si, pour voir le jour tomber ou naître,
Psaphon mettait le nez à la fenêtre,
Le nom de *sot*, ame de leurs concerts,
De bec en bec voltigeant dans les airs,
Renouvelait les cuisantes blessures
Au malheureux faites par cent morsures.
Armé d'un arc, et dès l'aube à l'affût,
Il abattit des corbeaux tant qu'il put :
Peine perdue, hélas! soin inutile !
Pour un de moins il en revenait mille,
Qui tous entre eux se faisant la leçon,
Même enfilés, redisaient leur chanson.

Désespéré, las de joncher la terre
Des corps sanglans de ces méchans railleurs,
Que le trépas à peine faisait taire,
Psaphon allait terminer ses malheurs,
Quand tout-à-coup, comme un trait de lumière,

A son esprit vint s'offrir le moyen
De clore bec à la gent carnassière.
Il n'avait pas, au moins, mangé son bien,
Si, qu'un beau jour, de toute sa desserte
Il établit aux corbeaux table ouverte ;
Corbeaux ont faim, corbeaux mangent beaucoup
Et très-long-temps : décisif fut le coup.
Sur le banquet, la cohorte endiablée
Du haut des airs fond tout d'une volée.
De sot, d'abord, à son nez fut traité
L'amphytrion : il s'en était douté ;
Mais, chaque fois que l'aimable épithète
Reparaissait, les mêts faisaient retraite,
Et le Comus disait, à leur adieu :
Vive Psaphon ! c'est un Dieu ! c'est un Dieu !
Lui ?... c'est un sot, répond la bande noire ;
— *Non, c'est un Dieu ! c'est un Dieu ! — C'est un sot !*
A sa façon, chacun place son mot :
Force est d'abord de dompter sa mémoire ;
Mais le mot *sot* interrompt le repas ;
Par le mot *Dieu* reparaissent les plats,
Et les corbeaux, chez qui tout n'est pas bête,
Jugent bientôt qu'en un cas où la tête
Et l'estomac entre eux ne sont d'accord,
Jamais Gaster ne saurait avoir tort.
Si bien qu'au bout de quelques jours d'étude,
Du vieil adage on perdit l'habitude,
Et que Psaphon, avant la fin du mois,
Fut proclamé Dieu par-dessus les toits.
Du haut en bas en advint la nouvelle ;
On n'y crut pas, tant elle sembla belle ;
Puis, on y crut d'abord chacun pour soi ;

Puis, on en fit un article de foi.
Finalement, cet auteur misérable,
Sifflé par-tout, ce seigneur mal appris,
Qui, pour ses airs comme pour ses écrits,
D'un peuple entier s'était rendu la fable,
A des corbeaux dès qu'il eut fait sa cour,
En les fêtant des restes de sa table,
Fut un phénix à la ville, à la Cour,
Voire au Parnasse ; il envahit la scène :
Quoiqu'il y fît, en dépit d'Apollon,
Pleurer Thalie et rire Melpomène,
Il fut nommé l'espoir de l'Hélicon
Et le gardien des sources d'Hypocrène.
Bientôt assis dans un certain fauteuil,
Tout comme un autre il y put clore l'œil ;
Par les corbeaux élevé jusqu'aux nues,
De son vivant il obtint des statues :
Après sa mort, en dépit des railleurs,
On lui dressa des autels dans les rues ;
Il eut un temple et des adorateurs.

Or, maintenant dénigrez cette histoire,
Ou croyez-y, si vous voulez y croire,
Elle a du vrai qui le sera toujours ;
Vous le savez, chers Psaphons de nos jours ;
Au procédé que retrace ma glose
Gît le secret de mainte apothéose,
Et les corbeaux, en tout temps, en tout lieu,
Dînant chez lui, d'un sot ont fait un Dieu.

P. A. VIEILLARD.

COMBAT D'ACHILLE ET D'ÉNÉE.

(FRAGMENT TRADUIT DE L'ILIADE. CHANT XX.)

DÉJA du haut des airs Jupiter a tonné ;
Les cieux ont retenti, le signal est donné ,
Et des sanglans combats la fureur recommence.
Sous le poids des guerriers gémit la plaine immense ;
L'airain brille ; partout s'élève un bruit confus,
Quand le fils de Thétis et le fils de Vénus
Sortent, impatiens , de l'une et l'autre armée :
D'une égale fureur leur ame est enflammée.
Énée, énorgueilli de son casque d'airain,
Au bras le bouclier , le javelot en main ,
S'avance ; dans ses yeux respire la menace ;
Il brave Achille, Achille a ri de tant d'audace.
Tel un lion, qu'assiége un peuple de chasseurs,
Méprise les efforts de leurs traits agresseurs ;
Mais s'il en est frappé, de sa gueule béante
Ruisselle tout-à-coup une écume sanglante ;
La rage de son cœur a passé dans ses yeux ,
De sa queue indignée il bat ses flancs poudreux,
Rugit, vole , s'élance, altéré de carnage ,

Et triomphe ou périt en vengeant son outrage :
Ainsi frémit Achille ; il marche, et le premier
S'adressant au Troyen : « Audacieux guerrier !
» Dit-il, pourquoi viens-tu défier ma vaillance,
» Et quel superbe espoir arme ta faible lance ?
» Crois-tu donc, si les Dieux couronnent tes efforts,
» Partager de Priam le sceptre et les trésors ?
» Priam a des enfans, et sa vieille sagesse
» N'ira pas confier l'empire à ta jeunesse.
» Si ton fer se rougit de mon sang généreux,
» Peut-être les Troyens ont promis à tes vœux
» Et d'immenses forêts et de fertiles plaines ;
» Lâche ! ne compte pas sur ces promesses vaines :
» Toi, mon vainqueur !...jamais : ce n'est pas d'aujourd'hui
» Qu'Achille va t'apprendre à trembler devant lui.
» Ne te souvient-il plus qu'ardent à ta poursuite,
» Je te vis loin d'Ida précipiter ta fuite,
» Lorsque, n'osant sur moi retourner tes regards,
» Tu courus de Lyrnesse implorer les remparts ?
» Secondé de Pallas, j'y portai le ravage,
» Je revins triomphant : pour prix de mon courage,
» Un essaim de beautés escorta mon retour.
» Jupiter te sauva ; mais frémis en ce jour !
» Sur toi va retomber le poids de ma colère :
» Cependant, je te donne un conseil tutélaire ;
» Fuis, échappe à la mort, tu n'as plus qu'un instant,
» Fuis ; le sage l'évite et l'insensé l'attend. »

« Achille, lui répond le héros intrépide,
» Suis-je donc un enfant qu'un seul mot intimide ?
» Tu m'insultes, je puis t'insulter à mon tour.
» A Pélée, à Thétis tu dois, dit-on, le jour :

» Moi, j'ai Vénus pour mère, et je suis fils d'Anchise ;
» Sorti du sang des Dieux, la fierté m'est permise....
» Hélas ! il faudra donc que Vénus ou Thétis
» Verse aujourd'hui des pleurs sur la tombe d'un fils !
» C'est trop perdre de temps en menaces frivoles,
» Il nous faut des exploits et non plus des paroles ;
» Combattons. Je pourrais te citer mes aïeux ;
» Tout l'Univers est plein de leurs noms glorieux.
» Quand les murs d'Ilion n'existaient pas encore,
» Ce noble fils du Dieu que l'Univers adore,
» Ce Dardanus régnait, Dardanus qui fonda
» Une cité fameuse aux sommets de l'Ida.
» Son fils vit, après lui, ses cavales superbes
» De ses vastes marais paître les molles herbes ;
» Borée, uni d'amour à ces fougueux essaims,
» Du souffle créateur emplit leurs jeunes seins ;
» Bientôt il en sortit douze coursiers rapides
» Qui, sur les champs dorés, sur les plaines humides,
» Volaient, des vents légers impétueux rivaux,
» Sans courber les épis, sans incliner les flots.
» Parlerai-je de Tros ? quel mortel ne le cède
» A ce fameux Ilus, à ce beau Ganimède,
» Qui, partageant le sort des habitans du Ciel,
» Verse à leur souverain le breuvage immortel ?
» De Tithon, de Lampus te dirai-je la gloire,
» Hicétaon, si cher au Dieu de la victoire,
» Le grand Laomédon, le vaillant Clytius,
» Et Capys, orgueilleux du sang d'Assaracus,
» Et Priam, dont Hector a reçu l'existence,
» Et cet auguste Anchise, auteur de ma naissance ?
» Voilà tous mes aïeux, j'ai droit d'en être fier ;
» Mais que sert un vain nom ? le puissant Jupiter

» Seul nous refuse et seul nous donne le courage.

» Achille , loin de nous la menace et l'outrage !

» Devons-nous discourir au milieu des combats ?

» C'est le fer à la main que parlent des soldats.

» La langue des mortels abonde en impostures ;

» Nous pourrions l'un sur l'autre épuiser les injures.

» Mais ne ressemblons pas à ce sexe jaloux ,

» Prodigue de mensonge ainsi que de courroux ,

» Et laissons-lui l'insulte , arme de la faiblesse.

» Viens punir mon orgueil, si mon orgueil te blesse ;

» Viens , mon glaive a besoin de combattre le tien.

» Ou ta mort ou la mienne , ou ton sang ou le mien ! »

Il achève , et déjà son javelot rapide
A frappé du héros le bouclier solide :
Achille s'en étonne, et loin de lui sa main
Du mobile rempart a détourné l'airain.
Du fer de son rival il redoute l'atteinte ;
L'insensé ! dans l'excès d'une première crainte ,
A-t-il donc oublié que les armes du Ciel
Ont triomphé toujours des armes d'un mortel ?
Le bouclier céleste, ingénieux ouvrage ,
Dont cinq lames d'airain composent l'assemblage ,
Résiste au javelot, et , soudain repoussé ,
Le javelot bondit et retombe émoussé.

Bientôt un trait vengeur, parti des mains d'Achille ,
Du bouclier d'Énée atteint le dos fragile :
Percé d'un double coup, le bouclier gémit.
Le Troyen se détourne , il s'arrête , il frémit
En voyant à ses pieds la lance meurtrière ;
Un voile à ses regards dérobe la lumière.
La menace à la bouche et le glaive à la main ,

Le Grec impétueux fond sur lui ; mais soudain
Enlevant sans effort un rocher dont la masse
Des mortels de nos jours eût effrayé l'audace,
Sur le casque d'Achille et sur son bouclier
Il va, d'un bras vainqueur, le lancer tout entier ;
Achille, furieux, le menace du glaive,
Quand, témoin du combat, Neptune enfin se lève :

« O vous, Dieux, a-t-il dit, contemplez ma douleur!
» Faut-il que du Troyen succombe la valeur?
» Malheureux! le trépas est donc la récompense
» Que réserve Apollon à son obéissance!
» Mais devez-vous souffrir que du crime d'autrui
» Cet innocent guerrier soit victime aujourd'hui?
» Sur vos nombreux autels sa main religieuse
» Prodigue incessamment l'hécatombe pieuse.
» Ses jours sont menacés, sauvons-les, ou sur nous
» Du monarque des Cieux tombera le courroux...
» Mais il ne mourra point : en lui seul tout entière
» Repose d'Ilion l'espérance dernière.
» Et quel héros jamais nous dût être plus cher?
» Jupiter le protège : aux yeux de Jupiter
» Autant de Dardanus la race est précieuse,
» Autant du vieux Priam la race est odieuse ;
» Oui, nous verrons un jour, sur les Troyens soumis
» Régner le fils d'Anchise et les fils de ses fils. »

« Ordonne ou la victoire ou le trépas d'Enée,
» Dit Junon, de toi seul dépend sa destinée.
» Avec Pallas déjà mille fois j'ai juré
» Une éternelle guerre à son peuple abhorré ;

» Fidèle, à més sermens, je laisserai la Grèce
» Porter dans Ilion la flamme vengeresse. »

La Déesse a parlé : vers le champ des combats
Neptune impatient précipite ses pas ;
Il jette un voile épais sur les yeux d'Éacide,
Et, faisant à ses pieds tomber l'arme homicide,
A travers les soldats, les chars, les javelots,
D'Ilion dans les airs emporte le héros.
Jusques aux derniers rangs où le Caucon fidèle
Vient unir aux Troyens sa troupe fraternelle,
Tous deux sont parvenus. « Quel conseil ennemi
» Arma contre un héros ton bras mal affermi?
» Lui dit le Roi des mers ; cet Achille terrible,
» Et toujours cher au Ciel et toujours invincible,
» Dans un combat nouveau, malgré l'arrêt du sort,
» Peut te précipiter au séjour de la mort.
» Fuis son aspect vainqueur ; mais, lorsque de son ame
» La Parque impitoyable aura coupé la trame,
» Revole dans l'arène et combats sans effroi ;
» Il n'est plus d'ennemi qui triomphe de toi. »

Il dit, court vers Achille, affranchit sa paupière
Du bandeau qui des Cieux lui voilait la lumière.
Le héros en gémit, le héros consterné
Autour de lui promène un regard étonné.
» Qu'ai-je vu? se dit-il, et quel nouveau prodige
» A mes yeux éblouis fait briller son prestige?
» Ma lance est à mes pieds, et mon œil cherche en vain
» L'ennemi dont ce fer devait percer le sein.
» Eh bien! puisque les Dieux embrassent sa défense,
» Heureux de fuir la mort, qu'il échappe à ma lance :

» Moi, contre les Troyens excitant mes soldats,
» Je vais les animer de l'ardeur des combats. »

Bientôt de rang en rang il vole, exhorte, enflamme:
« Grecs! ne redoutez plus les enfans de Pergame;
» Soldats contre soldats, héros contre-héros,
» Marchez! signalez-vous par des exploits nouveaux.
» Je ne puis lutter seul contre une armée entière :
» Mars en vain combattrait; cette Pallas si fière
» En vain à ses efforts opposerait les siens.....
» Mais je cours enfoncer les bataillons Troyens;
» Il est temps que des Grecs le triomphe s'achève.
» Malheur aux ennemis que trouvera mon glaive! »

Hector de ses soldats réveille aussi l'ardeur.
« Nobles Troyens! bravez Achille et sa fureur;
» Comme lui je pourrais, dans ma coupable audace,
» Aux habitans des Cieux prodiguer la menace.
» Si sa bouche blasphême, elle blasphême en vain;
» Que son bras soit de feu, que son cœur soit d'airain,
» N'importe, j'ose seul le combattre, et ma lance
» Va punir à vos yeux sa superbe insolence. »

Il parle, et mille cris lui répondent dans l'air;
Les traits frappent les traits, le fer croise le fer;
Mais Apollon; d'Hector enchaînant le courage :
« Du fils des Dieux, dit-il, n'affronte point la rage,
» Cache-toi : n'attends pas qu'il plonge dans ton cœur
» Ou sa flèche homicide ou son glaive vainqueur. »

A. BIGNAN.

IMITATION

DE LA IVe ODE D'ANACRÉON.

Mollement incliné sur la rive fleurie,
Je savoure à longs traits un nectar enivrant ;
Viens, Bacchus, viens verser dans ma coupe élargie
Les flots purs et vermeils de ton jus écumant.
    Dans le cercle étroit de la vie
La main du temps précipite nos pas :
    Bientôt, compagne du trépas,
Sur des ailes de feu vient notre heure dernière,
Elle attéint l'homme, il meurt, et n'est plus que poussière.

    Sur mon tombeau pourquoi brûler l'encens ?
    Pourquoi verser des parfums inutiles ?
Épargnez-vous ces soins, honneurs vains et futiles,
Et de l'indifférence ambitieux présens.
Couronnez-moi plutôt, tandis que ma paupière
    Se lève encore au pur éclat des Cieux ;
    De tendres fleurs couronnez mes cheveux,
Effeuillez sur mon front la rose printannière.
    Fuyez, soucis, fuyez, chagrins rongeurs ;
Et toi, viens dans mes bras, mon aimable maîtresse,

Viens partager les feux de ma brûlante ivresse,
Et par des nœuds sacrés enchaînons nos deux cœurs.
  Animé du double délire
  Du Dieu du vin et de l'amour,
 Je veux aimer jusqu'à mon dernier jour,
Et descendre en chantant à l'infernal empire.

        L****.

LES DEUX BERGERS,

LES CHIENS ET LE TROUPEAU.

FABLE.

Certain berger normand, ou du bas Maine,
 Avait acquis un superbe troupeau
  Dont il tondait souvent la laine
  Jusqu'à lui déchirer la peau :
Mais pour guérir du fer l'impression sanglante
Et pour fortifier leur naissante toison,
Aux pauvres mutilés une main prévoyante
 Soir et matin prodiguait à foison
 Et vert et sec, et litière abondante,
  Et les secours de la saison.
  Aussi cette gent moutonnière,
 Sensible aux soins du prudent bienfaiteur,
 Soir et matin bêlait à sa manière :

Vive Guillot ! vive le bon Pasteur !
Ah ! ne les blâmons point de cette déférence.
    Il fut un temps où l'ombrageux pouvoir
    Fit un délit de la reconnaissance,
        De l'ingratitude un devoir,
    Et profanant la morale publique...
        Mais revenons à nos moutons.
    Notre berger, d'humeur peu pacifique,
Avait divers procès avec divers cantons
    Où ses troupeaux, dans leurs fréquens passages,
Avaient tondu les prés, les moissons et les bois
        De mille pauvres villageois
    Qui réclamaient contre lui des dommages.
    Il plaide, il perd. Un arrêt de la Cour
Le condamne à quitter à l'instant ce séjour ;
    Et par une clause formelle,
Sur les conclusions de messieurs du barreau,
    Le même jugement rappelle
    L'ancien berger de ce troupeau.
Ambroise était son nom. Pendant sa longue absence
    Tout le bercail s'était régénéré ;
On n'avait de ses traits aucune connaissance ;
    Le nom d'Ambroise était même ignoré
Des plus jeunes agneaux, et presque de leurs pères.
Il était le sujet de tous leurs entretiens :
« Revient-il pour calmer ou combler nos misères ?
» Nous enlèvera-t-il dès le sein de nos mères ?
        » Nous donnera-t-il de bons chiens,
        » Ou des Dragons et des Cerbères ? »

Comme ils parlaient ainsi des craintes de l'État,
Voilà que de gros chiens, d'une humeur pétulante,

Viennent fondre en hurlant sur la troupe bêlante,
    Pour lui faire crier *vivat*.
Holà! dit le berger. Quel faux zèle vous porte
A tourmenter ainsi ce malheureux bétail?
    Si vous l'accueillez de la sorte,
    Vous ferez fuir tout le bercail.
    Hélas! il n'est que trop à plaindre;
    Je vois qu'il a beaucoup souffert:
Je veux me faire aimer, et non me faire craindre;
J'aurais bientôt changé la ferme en un désert.
Je reviens en ces lieux plus en père qu'en maître:
Laissez à mes brebis le temps de me connaître.
L'amour naît de l'amour, la haine de l'effroi.
    Eh! que m'importe que l'on crie:
Vive notre Pasteur! si l'on ne sait pourquoi?
Moi, pour que mon troupeau m'aime de bonne foi,
    Je dis: *Vive la bergerie!*
Ainsi parlait Ambroise, ainsi parle un bon Roi.

                            L. B.

LA DIFFÉRENCE DES BAISERS.

Baiser cueilli sur le sein de sa mie
Est comme un feu qui brûle notre cœur;
Baiser reçu d'une mère chérie
De la rosée a toute la douceur.
    L'un fait le tourment de la vie,
    L'autre sert à nous consoler,
    Et le second toujours essuie
Les pleurs que le premier trop souvent fait couler.

                            Talairat.

ALCESTE.

CHOEURS TRADUITS D'EURIPIDE.

PREMIER CHOEUR.

UNE VOIX.

L'EMPIRE de Pluton réclame une victime.
Alceste, ô dévoûment sublime !
Meurt pour son jeune époux condamné par le sort,
Et leur bonheur s'éteint dans l'ombre de la mort.

UNE AUTRE.

N'est-elle déjà plus ? Quel lugubre silence ?
Entendez-vous déjà de lamentables voix ?
Savez-vous si le deuil commence ?
Tutélaire Apollon , chasse par ta présence
Cette nuit qui s'étend dans l'asile des Rois.

LA PREMIÈRE VOIX.

L'eau lustrale , abondante et pure ,
Aurait-elle déjà coulé ?

A-t-on vu sous le fer tomber la chevelure
De ces jeunes beautés errant à l'aventure,
Qui remplissent de cris un palais désolé?

LA SECONDE.

Non, rien n'annonce encore une pompe funèbre.

LA PREMIÈRE.

Pourquoi, de nos vaisseaux couvrant les vastes mers,
Interroger cet oracle célèbre,
Dont la Lycie éclaire l'Univers?
De Jupiter-Ammon la sagesse céleste
N'arrête pas l'inflexible destin;
Il s'approche, désigne Alceste :
Les Dieux sont implorés en vain.

UNE PARTIE DU CHOEUR.

Quand sur vous tombe leur vengeance,
Faibles humains, quelle est votre espérance?

PREMIÈRE VOIX.

Maître absolu des hommes et des Dieux,
Entendez Jupiter tonnant du haut des cieux :
Le souverain des mers signale sa puissance.
Les tours ont vacillé sur le sol agité;
Jusqu'au sommet des monts tremble la terre immense.
Pluton, avec un cri, de son trône s'élance.
Il s'épouvante, il craint que Neptune irrité,
Entr'ouvrant la terre ébranlée,
Ne découvre aux humains ces gouffres éternels,

Région ténébreuse, infecte, désolée,
    En horreur même aux immortels (*).

UNE PARTIE DU CHOEUR.

    O toi, fils du Dieu de la lyre,
Pourquoi descendais-tu dans l'infernal séjour?
Alceste reviendrait, malgré le sombre empire,
Des portes de la mort aux demeures du jour.
O divin Esculape, avant qu'à ta paupière
    Sa foudre eût ravi la lumière,
Les morts vivaient par toi; mais, hélas! tu n'es plus.
    L'encens, les vœux sont superflus.
Quand tout subit du sort la volonté secrète,
    En vain le sang inonde les autels.
L'implacable Destin, divinité muette,
    Ferme ses yeux aux larmes des mortels.

TOUT LE CHOEUR.

Non, les hymnes touchans de l'époux d'Euridice,
Des respects de la Thrace objet religieux,
    N'ont rien qui te fléchisse,
    O le plus sévère des Dieux!
    Destin, c'est toi, toi dont la main cruelle,
    Cette main qui dompte le fer,
        Ouvre à la race mortelle
        Le ténébreux enfer.

PREMIÈRE VOIX.

    Admète, ô prince inconsolable!
Ton Alceste est ravie à tes derniers efforts.

(*) Homère, *Iliade.*

Mais sa tombe jamais sera-t-elle semblable
   A celle des vulgaires morts?

SECONDE VOIX.

Le voyageur, rempli de sa mémoire,
   Se détournant de son chemin,
   A ce monument de la gloire
S'empressera de rendre un hommage divin.
« La voilà, dira-t-il, et l'amante et l'amie
» Qui pour son tendre époux abandonna le jour;
   » La voilà celle dont la vie
   » Fut un sacrifice à l'amour. »

TOUT LE CHŒUR.

   O toi, qu'avec idolâtrie
   Nommera la postérité !
   Vas dans l'Olympe, ta patrie,
   Jouir de l'immortalité.

———

SECOND CHOEUR.

UNE VOIX.

Fille de Pélias qui des royaumes sombres
Habites le silence et le deuil éternel,
   Puisse notre adieu solennel
   Fléchir le noir tyran des ombres !
Navigateur du Styx, pâle nocher des morts,
   Toi de qui la rame fatale

Dans la profonde nuit fend la vague infernale,
Jamais objet plus beau n'a paru sur tes bords.

UNE AUTRE.

L'harmonieuse lyre, amante de la gloire,
Alceste, à ton amour doit consacrer ses chants.
Les poëtes divins, dans leurs accords touchans,
Aux jours de l'avenir transmettront ta mémoire.
Quand la fleur de Vénus renaîtra sous nos yeux,
      Lorsque dans Sparte et dans Athènes
Reviendront d'Apollon les fêtes souveraines,
Ton nom retentira dans les hymnes des dieux.

UNE PARTIE DU CHOEUR.

    Ouvre-toi, ténébreux abîme,
  Ramène Alceste aux purs rayons du jour;
    Et toi qu'on franchit sans retour,
    Triste fleuve, rends ta victime.

LA PREMIÈRE VOIX.

Montrez-vous à nos yeux, demeures de Pluton.
Mais qui peut repasser les bords du Phlégéton ?
De l'amour conjugal héroïque modèle !
Qu'à ses premiers sermens ton époux soit fidèle.
Une terre légère aura couvert tes os ;
Repose mollement dans la paix des tombeaux.
Ta gloire rompt les nœuds qui retenaient ta vie.
La voix de l'Univers proclamera ton sort ;
    Et, de nos hommages suivie,
Ta sublime vertu triomphe de la mort.

TOUT LE CHOEUR.

Dieu sombre aux décrets redoutables,
Sourd aux vœux qui te sont offerts ,
Inflexible roi des enfers,
Entends nos hymnes lamentables.

UNE VOIX.

De Phère ô tristes habitans!
Sous les voiles du deuil parcourez ces murailles.
Dépouillés de leurs crins flottans ,
Attelez les coursiers aux chars des funérailles.

UNE AUTRE.

Pâle flambeau des nuits , que la lyre aux doux chants,
Que la flûte mélodieuse ,
Se taisent dans nos champs ,
Tandis que douze fois l'heure mystérieuse
Ramènera tes pas sur le vaste horizon,
Où ta course silencieuse
Brillera d'un nouveau rayon.

LA PREMIÈRE.

O palais de nos rois! ô demeure sacrée !
Qu'as-tu donc fait de ta splendeur ?
O fêtes de l'hymen où, dans sa chaste ardeur,
Admète , conduisant son épouse adorée,
Au bruit du luth harmonieux ,
Vers ce lit, cher à sa tendresse,
Précédé des flambeaux , des cris de l'allégresse,
Semblait à son bonheur inviter tous les Dieux !

LA SECONDE.

Vous triomphez, déités infernales !
O lugubre séjour ! quel affreux changement !
Aux voiles blancs succède un triste vêtement,
Et la pompe du deuil aux fêtes nuptiales.

UNE PARTIE DU CHOEUR.

O fils de Jupiter, protecteur des États !
    Viens nous couvrir de ta puissante Égide.

TOUT LE CHOEUR.

Alcide peut lui seul la ravir au trépas,
    Dieux immortels ! guidez vers nous Alcide.

TERRASSON.

DIALOGUE.

— MESSIEURS, de votre Chambre élargissez l'enceinte
Pour qu'enfin nous ayons une place chez vous ;
Nous n'en trouverons pas. — N'ayez pas cette crainte,
On vous fait si petits que vous entrerez tous.

LA PERDRIX.

APOLOGUE.

« Pourquoi mettre ma tête à prix ?
» Je ne fais de mal à personne,
» Disait une pauvre perdrix ;
» Plus qu'une bête je raisonne.
» Pour éviter à mes petits
» Une mort hélas ! non douteuse,
» Je sais, à travers les épis ,
» A propos faire la boiteuse,
» Traîner de l'aile, et par mes cris,
» Du chasseur et du chien qui pille
» Sauver ma naissante famille.
» Cruels humains , épargnez-moi. »
Mais le coup part, on la fusille ;
C'est le plus fort qui fait la loi.

De M****.

AVIS

AUX SOUSCRIPTEURS.

MM. les Souscripteurs sont priés de faire renouveler leurs abonnemens le plus tôt possible, afin de ne pas éprouver de retard dans l'envoi des livraisons.